MICHAEL GANTENBERG

JOCHEN ODER DIE NACHT DES HASEN

MICHAEL GANTENBERG

Jochen

ODER

DIE NACHT DES HASEN

ROMAN

KNAUS & KO

www.michaelgantenberg.de

FSC
www.fsc.org
MIX
Papier aus verantwortungsvollen Quellen
FSC® C014496

Verlagsgruppe Random House FSC-DEU-0100
Das für dieses Buch verwendete
FSC®-zertifizierte Papier *Super Snowbright*
liefert Hellefoss AS, Hokksund, Norwegen.

1. Auflage

Umschlaggestaltung: Christina Hucke unter Verwendung
eines Gemäldes von Josef Hammen
Satz: Uhl + Massopust, Aalen
Druck und Bindung: GGP Media GmbH, Pößneck
ISBN: 978-3-8135-0542-9

www.knaus-verlag.de

Einmal mehr für meine Frau,
ohne die es Jochen nie gegeben hätte,
sie weiß, warum.

DIE NACHT DES HASEN

»Verdammt noch mal, ich will ein Riesenrad! Ein verdammtes Riesenrad! Direkt hier! Vor meiner Nase! Sofort!«

Jochen ließ seinen Oberköper kreisen, gefährlich nah am Abgrund, nicht nur um seiner Forderung nach einem Riesenrad körperlich Ausdruck zu verleihen, sondern weil er auch viel zu unerschrocken war, um über mögliche Konsequenzen seines Tuns nachzudenken.

»Und ich will eine Gondel, für mich alleine … mit Musik, die mir den Arsch wegbläst! Und Champagner! Zehn Flaschen … nein, zwölf! Und nicht diese miese Plörre, die ihr euren schlechten Freunden serviert, ich will das geilste Zeug, das es auf diesem Planeten gibt! Und diese Scheißstraße da unten muss abgesperrt werden. Komplett. Wenn ich hier gleich noch ein Auto seh, dann tick ich aus! Ich tick aus!«

Niemand zweifelte in dieser Nacht daran, dass Jochen es ernst meinte. Er war zu allem entschlossen, weil er nichts mehr zu verlieren hatte. Er hatte sein eigenes Leben verwirkt, so schien es ihm – und das von einigen anderen Menschen auch. Menschen, die ihm nahegestanden hatten und jetzt nichts mehr von ihm wissen wollten, was ihn am meisten schmerzte.

Jochen taumelte sieben Stockwerke hoch über dem noch immer warmen Asphalt Berlins, den der letzte schöne Sommertag, fast wie in vorausschauender Absicht, erhitzt hatte, um Jochens baldigen Aufprall nicht wie einen Sprung in die Kälte wirken zu lassen.

»Und ich will Löwenzahn ... Löwenzahn, habt ihr nicht verstanden? Löwenzahn! Ist das so schwer zu verstehn, ihr Schweine?!«

Niemand antwortete ihm, was nicht nur daran lag, dass Berlins botanisches Angebot, was Löwenzahn betraf, weit entfernt war von einem Paradies für eben jenen. Berlin war von vielem weit entfernt, aber von Löwenzahn eben ganz besonders.

»Ich will das alles. Jetzt! Sofort!«

Auf der Straße vor dem Hilton in Berlin hatten sich tausende Menschen versammelt, und oben auf dem Dach stand Jochen. Er war nackt und stoned. Seine Stimme klang grotesk verzerrt durch das winzige Megafon aus knallrotem Plastik. Ihre Sanftheit war einer fast grausamen Heiserkeit gewichen. Jochens Blick war wirr, seine Augen blitzten wie von kleinen Stromstößen angetriggert: schnell, unrhythmisch, chaotisch. Aus Jochen, den die Menschen geliebt hatten, der sie einen ganzen Sommer in seinen unglaublichen Bann gezogen hatte, war ein Monster geworden, ein Zombie, ein Wiedergänger mit unglaublich vielen Haaren, die seinen Körper überzogen wie ein letzter, natürlicher Schutz vor der absoluten, reinen Nacktheit. Seine Nacktheit war das Einzige, das Jochen in dieser Nacht nicht bereute. Sie erinnerte ihn an die Zeit, in der noch alles gut war, wo er noch klare Gedanken pflegte, wo Zorn und Hass, Gier und Ehrgeiz ihm völlig fremd waren. Es war die Zeit, in der seine Nacktheit etwas Selbstverständliches war, über das man nicht nachdenken musste. Als er mit dem Nachdenken begonnen hatte, war diese Zeit vorbei. Er hatte das Paradies verlassen, mit einem One-Way-Ticket.

»Ihr da unten! Verpisst euch! Könnt ihr nicht hören? Verpisst euch! Alle!«

Jochen beugte sich vor, er geriet ins Taumeln, fast schien es, als würde er jeden Moment das Gleichgewicht verlieren und in die Tiefe fallen. Es gelang ihm aber mit letzter Kraft, sich auf den Rücken zu werfen und dem Tod noch einmal zu entgehen. Er atmete schwer, zitterte, erst ganz leicht, dann immer schlimmer, bis er nur noch aussah wie ein Hase, der beim Sprung über einen elektrischen Weidezaun die Höhe des Hindernisses und dessen Ampèrezahl falsch berechnet hatte.

»Das ist alles unsere Schuld«, sagte eine Frau um die fünfzig, die mit ihrer neonfarbenen Legginghose und karottenroter Kurzhaarperücke versuchte, wie eine Frau um die vierzig zu wirken. Vergeblich.

»Er tut es für uns«, ergänzte der Mann, der neben ihr stand und froh sein durfte, mit der Frau keinerlei weitere Verbindung zu haben, sah man einmal von der Beobachtung Jochens ab, der nun nichts mehr sagte, nichts mehr verlangte, sondern nur noch schwieg.

»Warum bringt ihm keiner Löwenzahn, das Zeug beruhigt«, brüllte ein junger Hipster aus Friedrichshain die gaffende Menge an und schmiss wütend eine Flasche mit Johannisbeersaftschorle hin, die er aber sofort wieder aufhob, als er den Blick einer rüstigen Türkin sah, die ihn aus ihrem Fenster im ersten Stock beobachtete.

»Warum baust du ihm kein Riesenrad, Arschloch!«, entgegnete ihm ein Skinhead mit Tränen in den Augen und warf wütend mit seinem rechten Springerstiefel nach dem Hipster. »Scheiße, der stirbt!«

Der Hipster nickte und brachte dem Skinhead seinen Springerstiefel als Zeichen der Entschuldigung zurück, nicht ohne aus dem Augenwinkel zu beobachten, ob die Türkin auch diese nette Geste von ihm mitbekam. Sie tat es nicht, weil sie längst zum Fernseher geeilt war, der ihr bessere Bilder versprach als die, die ihr vor dem Fenster präsentiert wurden. In dieser Nacht wollte jeder alles sehen. Alles! Um jeden Preis. Dieser Wunsch war universell und garantierte den hundertprozentigen Marktanteil des Senders, der es schaffen sollte, DAS Bild zu bringen.

Jochen richtete sich noch einmal auf und trommelte auf seine Brust wie King Kong auf dem Hochhaus, nur dass er keine blonde Schönheit bei sich hatte, sondern lediglich ein geblümtes Bettlaken aus der Präsidentensuite des Hilton, das er auf dem Dach ausgebreitet und mit seinen Zähnen an den Rändern mit einem Lochmuster versehen hatte.

»Ich scheiß auf euch!«, donnerte es jetzt wieder durch Jochens Megafon. Es war ein Lebenszeichen, das von den Menschen unter ihm dankbar aufgenommen wurde.

»Er scheißt auf uns«, wiederholte die Kindergärtnerin aus Bielefeld, die nur nach Berlin gereist war, um Jochen zu sehen. In ihrer Stimme schwang keine Empörung mit, weil sie Jochen damit kritisiert hätte, und das traute sich hier noch niemand.

»Burn-out, ganz sicher…«, diagnostizierte ein rotbackiger Lehrer aus Rosenheim, und das aus beträchtlicher Entfernung. Er hielt dabei noch immer der jungen Referendarin die Augen zu, die neben ihm stand und fast wie Jochen zitterte und ausgerechnet auf ihrer ersten Klassenfahrt gleich so etwas Schreckliches erleben musste.

»Er hat eine Erektion!«, behauptete ein Kurierfahrer, der es nicht wagte, von seinem Bike zu steigen, aus Angst, etwas zu verpassen.

»Nein, das ist nur ein Schatten«, versicherte der Liftboy aus dem Hilton, der längst keinen Dienst mehr hatte und trotzdem noch immer seine etwas zu enge Liftboyjacke trug.

»Vielleicht ist es nur eine Möhre?«

»Im Leben nicht. Es ist ein Schatten, ganz klar.«

»Gott sei Dank.«

»Wer da oben steht, hat keine Erektion.«

»Wenn er stirbt, werde ich nie wieder eine haben.«

»Ich auch nicht.«

Da waren sich die beiden Männer aus Köln, die ihre Hochzeitsreise nach Berlin machten, einig.

Sechsunddreißig Streifenwagen der Polizeidirektion Mitte sorgten mit ihren rotierenden Blaulichtern auf den Wagendächern für eine Illumination des Gendarmenmarktes, wie es sie seit der Entführung eines Bankers aus Charlottenburg und der Festnahme eines mutmaßlichen Topterroristen aus Kabul nicht mehr gegeben hatte.

»Löwenzahn. Löwenzahn!«, bellte Jochen durch das Megafon. Es waren seine letzten Worte.

»Löwenzahn«, flüsterte Nils vor sich hin. Er war Jochens einziger Freund, auch in diesem Moment. Und auch wenn Jochen das in dieser Stunde nicht glauben wollte, Nils hatte ihn nie im Stich gelassen. Wie gerne hätte Nils es seinem

Freund beweisen wollen. Es war zu spät. Jetzt konnte er nur noch hilflos nach oben schauen, wo Jochen sich nun über die lächerlich kleine Absperrung des Hoteldaches beugte und …

Prolog

(fast zu spät, aber wichtig!)

Super, für einen Moment hatte ich gedacht, du wärst auf diesen Mist reingefallen. Es ist gut, dass du dich entschlossen hast, dich für mein Leben zu interessieren. Keine Frage! Aber doch nicht so! Ich kann leider nicht verhindern, dass man so etwas über mich schreibt. Schon gar nicht erst hier, wo ich jetzt bin. Man lässt hier nur das Nötigste an Kommunikation zu. Das Allernötigste, egal.

Du musst mir glauben, die Geschichte lief ganz anders. Gut, ja, ich habe auf diesem Dach gestanden und ja, ich war nackt, aber natürlich haben mich nur die ganz besonderen Umstände dazu gezwungen. Und eigentlich war ich wirklich immer nackt, bis zu dem Tag, an dem ich … ach, das ist jetzt zu kompliziert. Man darf Geschichten einfach nicht von hinten erzählen.

Bitte, du musst mir die Chance geben, die wahre Geschichte erzählen zu dürfen. Es ist schließlich meine eigene. Bitte!

Über mich ist so viel Blödsinn geschrieben worden. So viel Unwahres … ich könnte … o Gott, ich darf mich nicht aufregen.

Tu mir einen Gefallen, glaube ab jetzt nur noch, was ich dir hier sage. Ja? Alles andere stimmt nicht. Wenn einer die Wahrheit kennt, dann ich, wer sonst? Das ist **meine** verdammte Geschichte. Ich weiß nicht, ob ich dir alles erklären kann. Und ich weiß auch nicht, ob ich dir alles erzählen darf. Es sind ein paar Dinge passiert, die würde ich gerne für mich behalten. Obwohl, du bist alt genug, alles zu erfahren.

Wenn du das alles hier gelesen hast, wirst du wissen, wie es zu all dem gekommen ist. Was die Fehler betrifft, die ich gemacht habe, die ich machen musste, weil ich gar keine andere Wahl hatte, sieh das als einmalige Chance für dich! Wenn du tust, was ich dir sage, wirst du meine Fehler nicht wiederholen. Es wird dir besser gehen als mir. Das kann ich dir versprechen. Du wirst dich wieder sicher fühlen, so sicher wie damals, als andere für deine Sicherheit sorgten und du dich um nichts anderes kümmern musstest, als einfach nur da zu sein und zu schreien, wenn du hungrig warst, ängstlich oder einfach nur gelangweilt. Himmel, ich würde meinen letzten Löwenzahn dafür geben, wenn ich die Uhr noch einmal zurückdrehen könnte.

Ich kann dir natürlich nicht versprechen, dass du, wenn du das alles hier gelesen hast, ein guter Mensch wirst, vielleicht bist du es ja auch schon, aber ich kann dir auf jeden Fall dabei helfen, ein besseres Leben zu führen. Du musst einfach nur genau die Fehler vermeiden, die man vermeiden kann, um die anderen kommst du leider nicht herum. Das sind die Fehler, die man machen muss, um daraus zu lernen. Pflichtfehler.

Wenn du bis jetzt nur diese blöde Geschichte mit mir auf dem Dach des Hilton Berlin gelesen hast, wirst du nicht viel über mich wissen. Das da oben, das war nicht ich. Jedenfalls nicht der, der ich war, bis ich das wurde. Drück die

Löschtaste in deinem Gehirn, wir fangen einfach noch mal von vorne an, okay?

Du musst nicht viel über mich wissen. Wenn du mich jetzt sehen könntest, fändest du mich wahrscheinlich noch immer süß. Obwohl ich nicht mehr der Jüngste bin. Alle finden mich süß. Ich habe einen Silberblick, aber ich bevorzuge den Ausdruck Mikrostrabismus. Das klingt dramatischer und erzeugt Mitleid, oder wenigstens ein medizinisches Interesse. Eine Zeit lang fand ich es gut, wenn man mich für sterbenskrank hielt. Das ist immer noch besser als süß. Niemand ist süß, nur weil ihn ein einseitiges Innenschielen auszeichnet. Claus Kleber ist auch nicht süß, er ist Nachrichtensprecher, ein Anchorman. Da ist man nicht süß, da ist man kompetent.

Du hast recht, ich schweife ab.

Keine Ahnung, warum meine Eltern mich Jochen genannt haben. Sie werden sich nichts dabei gedacht haben. Wenn ich ehrlich bin, haben sie sich selten über etwas Gedanken gemacht, sie haben sich zeit ihres Lebens immer nur auf das Wesentliche konzentriert. Gedanken halten dich vom Leben ab, hat mein Vater immer gesagt. Jetzt erst weiß ich, dass das sehr weise war. Du kennst das, manchmal bist du so sehr mit deinen Gedanken beschäftigt, dass das Leben ohne dich passiert, und wenn dir das auffällt, hast du manchmal schon eine ganze Menge verpasst.

Glaube mir, die meisten Gedanken wurden schon gedacht, es gibt kaum einen Grund, sich eigene zu machen.

Also, wie bereits angedeutet, meine Eltern waren die Weltmeister der Gedankenlosigkeit, wenn es für den Grad der Professionalität verschiedenfarbige Gürtel gäbe, wie in Kampfsportarten, hätten die beiden alle Gürtel besessen. Aber mein Vater und meine Mutter lehnten Gürtel ab, wie so vieles andere auch.

Wir dürfen sie dafür nicht kritisieren, denn eigentlich haben sie auf diese Weise alles richtig gemacht. Es ist nicht gut, sich immer über alles, jedes und jeden Gedanken zu machen. Noch nicht mal über sich selbst. Als ich damit begann, mir Gedanken zu machen, war mir das nicht klar. Als es mir klar wurde, war es fast zu spät.

Es ist nicht so, dass meine Eltern sich von ihrer Unbekümmertheit nur einfach so durch ihr Leben treiben ließen, sie hatten es nicht anders gelernt. Auch ihre Eltern haben so gelebt. Ich habe meine Großeltern zwar nie kennengelernt, in unserer Familie wird man nicht alt, aber ich bin fest davon überzeugt, dass auch sie frei von quälenden Gedanken waren.

Ich darf meinen Eltern keinen Vorwurf machen, hätte ich ihnen alles nachgemacht, wäre es nie zu dieser Katastrophe gekommen. Bessere Vorbilder für ein glückliches Leben gab es nicht. Ihre Unbekümmertheit war perfekt. Selbst in dem harten Winter vor zwei Jahren, als mein kleiner Bruder bei seinem ersten Spaziergang ohne Vater und Mutter einem heimtückischen Mordanschlag zum Opfer fiel, ließen die beiden keine trüben Gedanken oder eine emotionale Regung zu. Im Gegenteil, noch am selben Tag zeugten sie ein neues Geschwisterchen. Das mag hart klingen, pietätlos, aber du musst mir glauben, in unserer Familie ist das normal, und ich kenne einige andere Familien aus unserem Bekannten- und Verwandtenkreis, die nicht anders sind.

Aber mich Jochen zu nennen, das musste nicht sein. Ich kenne nur zwei Namensvetter, die es zu etwas gebracht haben. Jochen Distelmeyer von der Band Blumfeld und Jochen Rindt. Der eine ist Sänger und Gitarrist, und zumindest so erfolgreich, dass ich ihn kenne, der andere war Rennfahrer und ist tot. Ich nehme mal an, dass beide ihre Popularität nicht unbedingt ihrem Vornamen zu verdanken haben. Ob der Rennfahrer nicht verunglückt wäre, hätten seine Eltern ihm einen anderen Namen gegeben, wie Sebastian oder Felipe oder wenigstens Horst, das wurde noch nie öffentlich diskutiert. Und ich werde damit auch nicht anfangen.

Falls es noch andere Jochen gibt, die es geschafft haben, aus sich mehr zu machen als eine sichtbare Projektion ihres Namens, tut es mir leid. Mehr Jochen kenne ich nicht. Das gibt einem doch zu denken. Findest du nicht?

Als ich anfing, über die bemerkenswerte Entwicklung meines Lebens zu schreiben, konnte ich nicht wissen, dass ich trotz oder vielleicht auch wegen dieses Namens etwas ganz Besonderes werden würde. Ich rechnete zunächst mit einem typischen Jochen-Schicksal, klein, unbedeutend, bestenfalls medioker, wenn überhaupt. Ich irrte mich, was ich wirklich selten tat.

Ich möchte behaupten, dass ich neben den beiden berühmten Jochen der dritte Jochen bin, der es zu etwas gebracht hat. Ich darf vielleicht auch in aller Bescheidenheit hinzufügen, dass ich sehr wahrscheinlich der einzige Hase bin, der Jochen heißt, unter Mikrostrabismus leidet und es zu etwas gebracht hat. Nicht, dass dies jetzt eine besondere Rolle spielt, für seine Herkunft und Abstammung kann niemand etwas, auch nicht, wenn man ein Hase ist. Hase wird man, ohne sich darum kümmern zu müssen. Und ich bin gerne Hase, ich könnte mir nichts Besseres vorstellen.

Ich möchte es erwähnt wissen, damit du bestimmte Dinge besser verstehst.

Da ich im Unterschied zu vielen anderen Themen nicht genau weiß, wie alt ich bin, da meine Eltern es mit ihrer Chronistenpflicht ähnlich lässig nahmen wie mit den meisten Themen, kann ich dir nur eine ungefähre Vorstellung geben.

Als meine Geschichte außerhalb unseres Hasenbaus begann, war ich ein junger Erwachsener, der sich selbständig das Lesen und Schreiben beigebracht hatte. Ich habe alles gelesen, was unsere Nachbarn in ihrem Garten liegen ließen. Es war nicht schwer, die Bedeutung der Wörter und Zahlen zu verstehen. Wenn man sich ein wenig Mühe gibt, ist es ein Kinderspiel, wenn man ein bisschen intelligenter ist als normal, dann geschieht Bildung fast von selbst.

Da ich nicht zu den Hasen gehöre, die mit ihrer Intelligenz unnötig hausieren gehen, möchte ich nicht, dass du nun einen falschen Eindruck von mir bekommst. Prahlerei ist mir fremd beziehungsweise, sie war mir fremd. Aber wie willst du meine Geschichte verstehen, wenn ich dir die wichtigsten Grundpfeiler verschweige.

Wahrscheinlich kennst du nur normale Hasen. Mümmelmänner.

Glaub mir, ich bin alles, nur kein Mümmelmann. Ich

heiße Jochen und wäre fast der mächtigste Hase aller Zeiten geworden. Wirklich.

Du glaubst mir nicht? Das solltest du unbedingt tun, denn am Ende geht es hier eigentlich auch um dich. Denn was mir passiert ist, kann jedem passieren … Hasen und anderen Lebewesen!

Aber bitte, tu mir einen Gefallen, die nächsten Seiten, genau genommen alle, die den wirklich selten albernen Titel *DIE NACHT DES HASEN* tragen, solltest du am besten überblättern. Sie zu lesen bringt nichts. Ich konnte die Veröffentlichung nicht verhindern, aber ich muss dich davor warnen, sie zu lesen. Das kann ich … noch! Du musst wirklich erst den Anfang meiner Geschichte lesen, Kapitel für Kapitel, sonst …

DIE NACHT DES HASEN

Während Jochen auf dem Dach des Hilton seinen letzten großen Auftritt hatte, versuchten zwei Beamte des SEK, zu ihm vorzudringen.

»So eine verfluchte Scheiße, da schlägt man sich die Nacht um die Ohren, für was? Für einen blöden Hasen! Bin ich dafür ausgebildet worden? Nein, das bin ich nicht! Nicht für einen Hasen und erst recht nicht für so einen, der noch nicht mal Tollwut hat«, sagte Rainer Paslak, während er sich ganz langsam im Kriechgang auf Jochen zubewegte.

Der SEK-Beamte ging seit genau drei Jahren jeder Beförderung konsequent aus dem Weg, weil er es immer wieder versäumte, bestimmte Dienstvorschriften zu befolgen und sich an Paragrafen zu halten, an die man sich auch zu halten hatte, wenn Gefahr im Verzug war. Er war ein guter Schütze, mit einer Trefferquote, wie sie keiner seiner Kollegen vorzuweisen hatte. Wäre er mit diesem Talent besonnener umgegangen und weniger spontan, hätte er nun unten im großen Einsatzwagen des SEK sitzen können, vor einer Video-Wall, die das zu observierende Objekt aus acht verschiedenen Kameraperspektiven zeigte. Er hätte dabei einen Kaffee trinken können, so wie Alexander Bender, sein Vorgesetzter, der ohne eine schusssichere Weste, nur mit einem Walkie-Talkie bewaffnet, den Einsatz koordinierte. So aber gehörte Paslak nur zum robbenden Teil der Einheit.

»Jochen ist kein blöder Hase«, erwiderte Adrian Rudnitzki, der einige Jahre jünger war als sein impulsiver

Kollege, aber genau wie dieser auf dem Dach des Hotels robben musste, obwohl er einen höheren Dienstgrad hatte als Paslak. Rudnitzki hatte noch nie während eines Einsatzes Gebrauch von seiner Waffe machen müssen, und zu diesem Zeitpunkt hoffte er noch, dass es auch in dieser Nacht nicht nötig würde.

»Er ist ein Hase mit einem verdammten Koksproblem«, fluchte Paslak.

»Was nicht bewiesen ist.«

»Soll das ein Witz sein? In seiner verschissenen Suite war mehr Schnee als auf den Zillertaler Gletschern.«

»Kenn ich nicht.«

»Du kennst die Zillertaler Gletscher nicht?«

»Nee.«

»Wo lebst du?«

»Charlottenburg.«

»Selbst in Charlottenburg kennt man die Zillertaler Gletscher.«

»Ich nicht.«

»Klar, du nicht. Du hast ja deine Frau.«

»Was hat die denn damit zu tun?«

»Seitdem ihr verheiratet seid, interessiert du dich für nichts mehr.«

»Quatsch.«

»Nee, leider nicht.«

Paslak schüttelt den Kopf und entsicherte nun das Präzisionsgewehr.

»Mensch, Rudnitzki, machen deine Frau und du eigentlich auch noch was anderes, außer …«

»Verdammt, lass jetzt endlich meine Frau aus dem Spiel, ja?«

Für Rudnitzki war das nicht der richtige Moment, um mit seinem Kollegen über den aktuellen Stand seiner Ehe zu sprechen, am liebsten hätte er mit Paslak über nichts gesprochen. Er hätte gerne geschwiegen, so wie es die Dienstvorschrift des SEK bei Einsätzen wie diesem vorsah. Paslak kümmerte sich nicht um Dienstvorschriften, und schweigen war nun mal auch einfach nicht sein Ding.

»Wenn mir mal einer gesagt hätte, dass ich diese ganze Scheißausbildung nur gemacht hab, um irgendwann mitten in der Nacht einen Hasen auf dem Dach vom Hilton zu eliminieren …«

»Von eliminieren ist keine Rede, wir sollen nur die Situation unter Kontrolle bringen, verstanden?«

»Mach dir nicht ins Hemd, Rudnitzki … aber wenn er uns krumm kommt, dann …«

»Nichts dann … noch ist nichts bewiesen.«

»Glaubst du etwa, der is' unschuldig? Scheiße! Die Frau in seiner Suite hat dieser Hase auf dem Gewissen. Oder meinst du, die hat sich freiwillig einen Eispickel in den Hals gerammt?«, fragte Paslak rhetorisch.

»Das sollen die Kollegen klären.«

»Da gibt's nix zu klären, das war Jochen. Dieser Freak!«

»Mann, Paslak, du musst echt mal an dir arbeiten!«

»Ich? Wer verteidigt denn hier einen zugedröhnten Hasen?«

Bevor die beiden das Gespräch vertiefen konnten, meldete sich Bender über Funk aus dem Einsatzwagen.

»Ihr behaltet ihn nur im Auge. Ich will keine Alleingänge. Habt ihr mich verstanden?«

Rudnitzki ärgerte sich darüber, dass sein Chef sie beide

ansprach. Er war nicht derjenige, dessen Karriere durch Alleingänge bereits beendet war, er wollte noch was erreichen in seinem Job. Wenn einer unkalkulierbar war, dann nur Paslak, der jetzt für ihn antwortete.

»Alles klar, verstanden, Chef.«

Rudnitzki schloss kurz die Augen, wie er es gelernt hatte. Einmal kurz die Augen schließen – Reset – mentale Pulskontrolle – dann wieder Standby für den finalen Zugriff – alles unter Kontrolle.

»Du hast gehört, was er gesagt hat«, flüsterte Rudnitzki.

»Ja.«

»Dann halt dich auch dran.«

»Entspann dich, alles easy. Hast du eigentlich schon mal mit einer Chinesin geschlafen?«

»Was?«

»Ob du schon mal mit einer …«

»Ich hab verstanden, was du gefragt hast, bist du noch ganz dicht?«

»Also nicht … aber man wird doch wohl noch mal fragen dürfen.«

»Paslak? Du bist verrückt.«

»Sind wir das nicht alle?«

In diesem Moment hatte Jochen die beiden SEK-Beamten entdeckt, die, entgegen sämtlicher Vorschriften, während einer operativen Annäherung an ein Zielobjekt munter weiterredeten, statt sich auf jeden einzelnen Schritt schweigend zu konzentrieren.

»Scheiße, er sieht uns«, fluchte Paslak.

»Was?«

Erst jetzt sah Rudnitzki Jochens Kopf genau im Fadenkreuz des Objektivs an seinem Zielfernrohr.

»Der lacht«, sagte Rudnitzki.

»Hasen können nicht lachen.«

»Der schon.«

»Gibt's doch nicht.«

»Wenn ich's dir sage, der lacht.«

Jetzt sah es auch Paslak.

»Scheiße! Wenn mich ein geisteskranker Bankräuber anlacht, dreh ich schon durch, aber ein Hase, der mich anlacht, wenn ich im Dienst bin, das ist echt das Letzte!«

Rudnitzki entsicherte nun auch sein Präzisionsgewehr. Das leise Klacken ließ ihn frösteln, obwohl es ihm vertraut sein musste, er hatte es so oft gehört, in unzähligen Trainingseinheiten, doch das hier war kein Training, das war der Ernstfall … und das, was ihn frösteln ließ, war die Angst vor dem, was nach dem Klacken kommen konnte.

Kapitel 1

Nils lag in seinem Deckchair, in dem er seit dem Ende der Schule fast täglich lag. Stunde um Stunde. Manchmal stand er auf, um sich ein Getränk zu holen oder etwas zu essen. Kaum hatte er eines dieser Bedürfnisse befriedigt, lag er schon wieder da, als wäre er nur eben schnell einer lästigen Pflicht nachgekommen. Er tat dies bei jedem Wetter. Der Deckchair stand unter dem Holzdach einer Veranda, mit einem perfekten Blick auf den wilden Garten, an dessen Ende ich mit meiner Familie wohnte. Wenn es regnete oder aus anderen Gründen kälter war, warf er sich eine alte Steppdecke um, bei schönem Wetter nicht. Er las nicht, er hörte auch keine Musik. Er ließ seinem Haar die Freiheit, die er sich selbst gönnte, und widerstand deshalb jedem Versuch, es in eine Form oder richtige Frisur zu bringen. Was er machte, wenn er nicht in seinem Deckchair lag, was nur in den dunklen Stunden des Tages passierte, wusste ich anfangs nicht. Mir blieben bis dahin nur Vermutungen, denn ich hatte ihn bis zu dem magischen Tag unserer ersten richtigen Begegnung immer nur aus einem der zahlreichen Gebüsche im Garten beobachten können. Erst dachte ich, dass er im Inneren des Hauses schlafen würde, aber das tat er auch draußen. Mehr und mehr drängte sich am Ende für mich der Verdacht auf, dass er dort nichts anderes tat als draußen. Nur ohne Mücken.

Er hatte beschlossen, das Nichtstun zu perfektionieren. Die einzige Ausnahme, die er machte, bestand aus dem Inhalieren eines seltsamen Krautes, das nicht in diesem Garten wuchs. Mit dieser Ausnahme konnte er leben, denn die Wirkung half ihm beim Nichtstun.

Nils Wolfarth war der jüngste Sohn unserer Nachbarn. In dem Jahr, in dem mein Leben eine völlig neue Richtung nahm, hatte er gerade sein Abitur gemacht. Soweit ich es damals beurteilen konnte, war es ihm egal, was aus ihm werden würde. Seinen Eltern auch. Sie setzten auf die Eigenverantwortlichkeit aller Entscheidungen ihrer Kinder. So gesehen waren sie meinen Eltern sehr ähnlich. Mit dem Unterschied, dass es sich bei den Wolfarths um Akademiker handelte, die interessanten Lehrberufen nachgingen und nur vier Kinder in die Welt gesetzt hatten, weil sie der Meinung waren, dass es damit genug Wolfarths gab. Aber auch, weil Frau Wolfarth eine Gastprofessur in Bologna bekam, wo sie einen jungen Studenten namens Rafael kennenlernte, dem sie mehr beizubringen wusste als Vergleichende Deutsche Literaturgeschichte, und das mit der Leidenschaft einer Frau, die über genug Erfahrung verfügte, um sich einfach zu nehmen, was sie brauchte, statt ein Leben lang vergeblich darauf zu warten, dass es einfach so passierte. Es geschah zufällig, aber irgendwann glaubte sie fest an eine Fügung, und niemand widersprach ihr.

Nils war wütender als sein Vater, als er erfuhr, dass seine Mutter auch einen anderen Jungen in seiner Altersklasse liebte, und das auch noch auf einem ganz anderen Level. In meiner Welt spielt das Alter bei der Wahl des Partners keine Rolle, so wie das Alter in unserem ganzen Leben keine wesentliche Rolle spielt. Wir Hasen beschäftigen uns grundsätzlich nicht mit Dingen, die wir nicht beeinflussen können. Das ist unter anderem auch ein Grund, warum Hasen sich in der Regel nicht für das Wetter interessieren, für Finanzpolitik und für den demografischen Wandel in Industriestaaten. Mit einer Ausnahme – ich interessiere mich dafür.

Dass Nils unter dieser Geschichte litt, machte mich traurig. Als er noch immer wütend war, war ich schon längst sein Freund. Aber das konnte er nicht wissen, das kam erst später.

Ich habe Nils alles zu verdanken, in jeder Hinsicht, die guten Seiten meiner Geschichte, aber auch die schlechten. Er wird es erfahren, wenn er das hier liest.

Nils mochte mich, und er hielt mich für zahm, was er schon bald seinen Freunden erzählte und einem Mädchen, das Nils mehr mochte als alle anderen. Was man von ihr leider nicht sagen konnte. Nils war in Jenny verliebt. Ein Zustand, den ich damals noch nicht persönlich kennenlernen durfte, obwohl es dazu reichlich Gelegenheit gab. Hasen müssen sich nicht zu Partys verabreden oder Dating-Portale im Internet besuchen, um einen Partner zu finden. Wir bevorzugen den einfachen Kontakt auf Nasen- und Ohrenhöhe, den gibt es bei uns in Hülle und Fülle.

Aber ich behaupte, je intelligenter man ist, desto schwieriger wird es, ein Gefühl wie Liebe zu entwickeln und zuzulassen. Hat wieder was mit Gedanken zu tun. Wenn man zu viel darüber nachdenkt, kann sich die Liebe nicht entwickeln. Die Liebe kommt, die Liebe geht, auch ohne Gedanken. Das ist sehr schade, das weiß ich erst jetzt, und jetzt ist es eigentlich zu spät. Aber was soll ich machen? Gibt ja nur dieses eine Leben.

Als ich an diesem denkwürdigen Tag meinen ganzen Mut zusammennahm, um meinem Freund endlich zu sagen, dass ich nicht nur ausgesprochen zahm, sondern zudem auch sehr belesen war und aufgrund intensiver Beobachtungen und Übungen in der Lage war, seine Sprache zu sprechen, hätte ich nicht ahnen können, was mein Outing für dramatische Konsequenzen nach sich ziehen sollte. Dass ich bereits ein halbes Jahr später im Bundeskanzleramt sitzen sollte, um meine Sicht der Dinge darzulegen, das konnte niemand, auch beim besten Willen nicht, erahnen.

Nils lag also in seinem Deckchair und starrte in den Himmel. In der Kunst des Nichtstuns war er von der Perfektion nicht mehr weit entfernt. Nur diverse Stoffwechselverpflichtungen hinderten ihn noch daran, die letzten vielleicht zehn oder elf Prozent bis zur absoluten Perfektion zu erreichen.

An diesem Tag musste es geschehen, wenn mein Plan noch eine Erfüllung finden sollte. Ich war bereits morgens mit dem Gefühl aufgewacht, heute Geschichte schreiben zu müssen. Keine Ahnung, ob andere historische Figuren mit einem ähnlichen Gefühl aufgewacht sind, an dem Tag, an dem sie Geschichte schrieben. Wusste Kurt Cobain, dass er einen Welthit schrieb, als er »Smells like teen spirit« komponierte? Wusste Salinger, was er tat, als er »Der Fänger im Roggen« endlich fertig hatte und an seinen Verlag schicken konnte? Wusste Luther, was er damit anrichtete, als er seine Thesen an die Schlosskirche in Wittenberg zimmerte? Hatte mein Onkel Ernesto, ein Hase mit spanischen Wurzeln, auch nur den Hauch einer Ahnung, dass er der Grund war, der einen Rechtspopulisten aus Österreich auf die Bremsen seines Sportwagens treten ließ, um ihm auszuweichen, was meinem Onkel tatsächlich das Leben rettete, aber den Rechtspopulisten ins Jenseits beförderte? Und wusste Onkel Ernesto, dass es einen Mann gab, der Tränen vergoss, weil sein bester Freund nun nicht mehr das Alpenland retten würde, geschweige denn sein gebrochenes Herz? Keine Ahnung, ich werde es nie erfahren.

Aber ich wusste Bescheid, es gab keinen Zweifel, ich würde an diesem Tag Geschichte schreiben.

»Paslak, mach keinen Scheiß.«

»Halt den Mund, ich weiß, was ich tue!«

»Eben nicht.«

»Eben doch!«

Jochen hatte nicht den leisesten Schimmer davon, was Paslak zu tun gedachte. Er wusste nur, dass diese beiden Herren in ihren seltsamen Schutzanzügen und nachtblauen Sturmhauben über den Gesichtern, die beiden das Aussehen von überdimensionierten Kaulquappen bescherten, ihm weder das von ihm verlangte Riesenrad bringen würden noch den Löwenzahn, vom Champagner ganz zu schweigen. Dass sie auf dem Boden lagen und sehr langsam, auf allen vieren zu ihm robbten, wertete er als ein Zeichen ihrer Schwäche. Und dass sie ihn dabei durch ein Zielfernrohr beobachten, schrieb er ihrer mutmaßlichen Kurzsichtigkeit zu.

»Was macht ihr da?«, fragte Jochen die beiden SEK-Beamten.

»Was hat er gesagt?«, wollte Paslak von seinem Kollegen wissen.

»Keine Ahnung, hab ihn nicht verstanden.«

Als hätte er es gehört, griff Jochen wieder zu seinem Megafon.

»Verpisst euch, ihr Schweine!«, brüllte Jochen den beiden unmissverständlich entgegen.

»Jetzt hab ich ihn verstanden, und jetzt gibt's Lack. Von so einem lass ich mich nicht so anmachen!«

Der Lauf von Paslaks Präzisionsgewehr richtete sich nun auf eine Stelle an Jochens Körper, die unter anderem bei der Beschreibung eines finalen Schusses ihre Erwähnung findet.

»Paslak! Der weiß doch gar nicht, was er sagt.«

»Doch, ich hab's genau verstanden.«

Der Menschenmenge, die noch immer gebannt nach oben schaute, um später jedes Detail dieser schicksalsreichen Nacht zu kennen oder den diversen Reporterfragen Rede und Antwort stehen zu können, hielt den Atem an.

»Was macht er jetzt?«, fragte eine Rentnerin mit einer Flasche Wodka in der Hand, die sie erst trinken wollte, wenn alles vorbei war.

»Er gibt auf«, antwortete ein junger Priester, der sich in Berlin als Notfallseelsorger ausbilden lassen wollte und es in diesem Moment bereute, nicht dort oben geholfen zu haben.

»Jochen gibt nicht auf. Nicht Jochen«, mischte sich ein junger Skater in das Gespräch ein.

»Er folgt der Stimme der Vernunft!«, insistierte der Priester.

»Er hat was genommen«, stellte die Rentnerin lapidar fest. »Das sieht man, er geht so, als hätte er etwas genommen.«

»Na und? An seiner Stelle hätte ich auch was genommen«, sagte der Skater, ohne den Blick nach oben zu verlieren.

»Ich werde für ihn beten.«

»Nur, weil er was genommen hat?«

»Sie beten für einen Hasen?«, wollte ein ganz normaler Tourist von dem jungen Priester wissen.

»Ich bete für jeden.«

»Das ist gut«, sagte die Frau des ganz normalen Touristen, die sich am nächsten Morgen von ihrem Mann zu trennen gedachte.

Jochen bewegte sich taumelnd auf etwas zu, was man von unten nicht erkennen konnte. Paslak und Rudnitzki lagen noch immer auf dem Dach, unsichtbar für die Menschenmasse vor dem Hotel. Nur ihr Einsatzleiter Bender konnte wissen, was dort oben geschah, er verfolgte jeden taumeligen Schritt des Hasen auf seinem Monitor. Bender nahm Kontakt mit seinen Beamten auf.

»Paslak?«

Der Beamte antwortete nicht.

»Paslak?!«, wiederholte Bender.

Wieder keine Antwort.

»Warum antwortet der nicht?«, wollte Bender nun von der Beamtin wissen, deren Namen er vergessen hatte.

»Keine Ahnung. Sie kennen ihn doch!«

»Paslak, verdammt, antworten Sie!«

Die Beamtin neben Bender wischte sich eine Träne aus den Augenwinkeln und hoffte, dass ihr Vorgesetzter es nicht sah. Wie die meisten ihrer jungen Kolleginnen war sie dem Charme und Charisma des Hasen schon bei seinem ersten Auftritt erlegen. Dies hier zuzugeben, erschien ihr nicht professionell, rein dienstlich betrachtet, hatte sie recht. Aber auch wirklich nur rein dienstlich.

Jochen trennten nur noch wenige Meter von Paslak und Rudnitzki. Was nicht der Grund dafür war, dass Bender keine Antwort bekam. Der Grund war ein anderer. Paslak wollte ein Zeichen setzen. In dieser Nacht auf dem Dach des Berliner Hilton. Er hatte sich schon dazu entschlossen, als er von seinem Auftrag erfuhr. Das war vor mehr als achtzehn Stunden.

Jetzt erst sah Jochen die Läufe der beiden Gewehre. Er wusste um die todbringende Kraft der Waffen, aber die Substanz in seinem Gehirn hatte nicht nur seine Pupillenreflexe zum Erliegen gebracht, sie hatte ihm auch jedes Gefühl von Angst und Panik genommen.

»Ganz ruhig. Wir tun Ihnen nichts.«

»Du siezt den?«, wollte Paslak von seinem Kollegen wissen. »Einen Hasen?«

»Heben Sie die Hände hoch!«, forderte Rudnitzki den Hasen auf. Seine Stimme klang dabei ruhig und freundlich.

»Bist du bescheuert, was für Hände? Der hat keine Hände, der hat Pfoten.«

»Das weiß ich auch.«

»Hui, ich dachte, du wüsstest es nicht, immerhin kennst du auch nicht die Zillertaler Gletscher.«

»Halt die Klappe, Paslak!«

Sieben Stockwerke unter Paslak in einem sündhaft teuren Einsatzwagen der Berliner Polizei, schien Einsatzleiter Bender nicht glauben zu wollen, was er sah.

»Sagen Sie mal, weinen Sie?«, fragte er die Beamtin neben ihm.

»Das ist nur …«

»Was?«

»Er tut mir leid.«

»Der Kollege?«

»Der Hase.«

»Gott, bin ich hier nur von Wahnsinnigen umgeben?«

Jochen strich über seine langen Ohren, wie er es oft tat, wenn er sicher sein wollte, dass er noch am Leben war. Einmal, als er mit letzter Kraft einem Rasenmäher durch einen geschickten Sprung in die rettende Böschung auszuweichen wusste, war dies auch seine erste Maßnahme. Seitdem hatte er es sich angewöhnt. Ein beherzter Griff an die Ohren, und dann stellte sich sofort die Erleichterung ein, dass sie noch immer genau da waren, wo sie hingehörten. Die körperliche Unversehrtheit ist an manchen Tagen der einzige Garant für perfektes Glück, was im Übrigen nicht nur für Hasen gelten sollte. Seit diesem Erlebnis hatte er es sich angewöhnt, seine Ohren als, im wahrsten Sinne des Wortes, herausragendes Lebenszeichen zu betrachten.

Für Paslak war diese Geste die pure Provokation. In seiner Gegenwart strich man sich nicht über die Ohren. Jedenfalls nicht, wenn er im Dienst war. In seiner Gegenwart hatte man sich zu verstecken, vor Angst und aus Respekt vor seiner Mission. Wer sich in seiner Gegenwart noch mit den Ohren beschäftigten konnte, zeigte weder Angst noch Respekt. Diese Geste war zudem eine deutliche Missachtung seiner Kompetenz. Wer sich in seiner Gegenwart über die Ohren strich, fühlte sich sicher und überlegen. Dies alles konnte Paslak nicht länger hinnehmen. Er hatte einen Ruf zu verlieren. Diese Nacht war nicht dazu da, dies geschehen zu lassen. Die Nacht dieses kranken Hasen war Paslaks Nacht. Die Welt musste es nur noch erfahren.

»So …«, sagte Paslak mit leiser Stimme und einem Ruhepuls von unter 28.

»Was?«, flüsterte Rudnitzki.

»Showtime.«

Kapitel 2

»Nils?«

Er hatte mich nicht gehört, aufgrund meiner geringen Größe verfüge ich über kein Organ, mit dem man Hallen beschallen könnte. Aber wenn ich mir Mühe gebe, kann man mich verstehen.

»Nils?«, sagte ich dann etwas lauter.

Diesmal hörte er mich offenbar; um genau zu sein, er hörte etwas, was er nicht orten konnte. Dass sein zahmer, zünftiger Freund neben ihm saß, war ihm nicht entgangen, doch dass dieser zahme Freund ihn nun zum ersten Mal ansprach, konnte er nicht wissen und noch weniger fassen.

Ich leckte ihm sein nacktes Bein, was mich viel Überwindung kostete, aber in einem gesunden Verhältnis in Sachen Aufwand und erwartetem Ertrag stand.

Jetzt sah er mich an, und dann sollte es geschehen: Unser erstes, richtiges Gespräch. Im weitesten Sinne.

»Oh, du bist aber süß.«

Das war nicht der richtige Moment, um mit ihm über meinen Mikrostrabismus zu sprechen und darüber, wie sehr ich es hasste, wenn jemand mich süß fand, nur weil man mir nicht ansah, in welche Richtung ich schaute. Mein Blick war immer geradeaus, streng fokussiert, optisch und inhaltlich. Beides! Aber ich hatte eine Mission, der ich alles unterordnen musste, besonders einen Anflug von Enttäuschung und andere Gefühle.

»Ich bin Jochen.«

Vielleicht hat Nils in diesem Moment gedacht, dass die Bewegung meines Mundes nur etwas mit Kauen zu tun haben könnte, keinesfalls aber mit Sprechen, vielleicht war er aber auch nur zu sprachlos, um auf meinen ersten vollständigen Satz angemessen zu reagieren.

»Alles okay?«, fragte ich.

Nils schwieg. Er rieb sich nicht verwundert die Augen, weil Menschen sich nur in schlechten Bücher und Filmen die Augen reiben, wenn sie etwas sehen oder erleben, das sie nicht glauben oder verstehen können. Ihm stand auch nicht der Mund auf. Nils zeigte keinerlei Reaktion. Er saß einfach nur da, schaute auf mich und schwieg.

»Nils, nicht erschrecken, ich weiß, dass du dir das nicht erklären kannst, aber ich würde gerne mit dir reden, wenn es für dich okay ist.«

Nils schwieg weiter. Vielleicht dachte er einen Moment darüber nach, ob die seltsam verdickte Zigarette in seiner Hand der Grund dafür war, dass er mich sprechen hörte, vielleicht überlegte er sich auch nur eine gescheite Antwort. Es gibt Menschen, die vor dem Reden darüber nachdenken, was sie zu reden gedenken. Es sind nicht viele, die so unterwegs sind, aber es gibt sie.

Ich ließ ihm Zeit, obwohl Zeit etwas ist, was einem Hasen nicht in den Dimensionen zur Verfügung steht, die du so kennst. Doch manchmal muss man sich die Zeit nehmen, auch wenn man sie gar nicht hat.

Nils nickte nur kurz, dann ging es los.

»Klar… worüber willst du reden?«

Seine Antwort war so überraschend wie angenehm. Das Gespräch war eröffnet, das lästige Erklären, Wundern und

Abtasten folgte erst viel später. Ich empfand es als Erleichterung, ihm nicht haarklein erzählen zu müssen, wie ich dazu gekommen war, seine Sprache zu lernen und all die anderen Dinge, die man zwangsläufig mitlernt, wenn man erst mal damit angefangen hat, sich für die Welt des aufrechten Ganges zu interessieren. Wahrscheinlich spürte Nils instinktiv, dass es besser wäre, die Zeit nicht mit unnützen Dingen zu verplempern. Nils konzentrierte sich von Anfang an nur auf das Wesentliche.

»Rauchst du?«, fragte er.

»Nee, hab ich mir abgewöhnt.«

»Cool.«

»Das war ein Scherz.«

Hasen vermeiden alles, was ungesund ist. Klingt schlimmer, als es ist. Aber so ist es nun mal. Wir denken darüber nicht nach, wir tun automatisch das Richtige. Feine Sache, wenn man es mal begriffen hat. Du fragst dich jetzt, wie es dann bei mir zu den Fehlern kommen konnte? Schon vergessen? Gedanken! Nachdenken! Wenn man damit einmal anfängt, ist es zu spät.

»Hast du Hunger, Jochen?«

Ja, den hatte ich. Hasen haben immer Hunger, das ist gesund. Wenn wir keinen Hunger haben, vergessen wir zu essen und sterben. Wir essen deshalb ständig, aber dann bewegen wir uns auch. Nicht böse sein, ich weiß, das klingt nach Kritik. Ich kenne eure Probleme. Fast ein Drittel der Weltbevölkerung ist zu dick, aber das ist nicht unsere Schuld. Wir machen euch vor, wie es besser geht, essen ohne Reue. Es funktioniert. Ich kann dir nur sagen, sei froh, dass dir dein Essen nicht ständig auf Mundhöhe präsentiert wird. Du gehst aufrecht, damit die Versuchung nicht zu groß wird. Das ist der Grund. Wenn wir uns nicht so viel bewegen würden, müssten wir auch aufrecht gehen, nur um nicht fett zu werden. Ich weiß natürlich auch, dass es viele Menschen in deiner Welt gibt, die gar keine Chance haben, dick zu werden, weil sie in Ländern leben, die das nicht möglich machen, aber das ist ein anderes Problem, für das ich auch eine Lösung hatte. Du musst dich gedulden, ich erzähle es dir später.

»Ja, ich habe Hunger, aber das ist nicht schlimm, ich find schon was. Weißt du, warum ich dich angesprochen hab?«

»Keine Ahnung.«

»Ich würde euch gerne helfen.«

»Okay.«

Ob er nur betont lässig war oder unter dem Eindruck dieser komischen Zigarette stand, war mir nicht klar. Und es irritierte mich, bei ihm keinerlei Reaktion zu sehen, die Menschen für gewöhnlich zeigen, wenn ihnen etwas sehr Ungewöhnliches widerfährt. Und bei allem Respekt, ein sprechender Hase ist doch etwas sehr Ungewöhnliches.

»Willst du nicht wissen, wobei?«

»Sollte ich?«

»Ich denk schon.«

»Okay, Jochen, wobei willst du uns helfen … und äh … wem eigentlich?«

»Euch! Den Menschen!«

»Cool, 'ne Nummer kleiner geht's nicht?«

»Nein.«

Damit war Nils zufrieden. Ich auch.

»Gut, schieß los«, forderte er mich auf.

»Ich kann die Welt verändern«, sagte ich im Hasenbrustton der Überzeugung. Mit erstaunlichem Erfolg. Es gab keinerlei Zweifel an meiner Aussage.

»Okay.«

»Aber ich brauche Hilfe.«

»Kein Thema.«

»Gut. Das freut mich, Nils.«

»Cool. Und du heißt wirklich Jochen?«

»Ja. Schlimm?«

»Kein Problem. Seltener Name.«

»Ich hasse ihn.«

»Soll ich dich anders nennen?«

»Nicht nötig, so schlimm ist er auch wieder nicht.«

»Willst du nicht doch mal ziehen?« Er reichte mir seine dicke Zigarette, ich schüttelte nur den Kopf.

»Wirklich nicht, danke.«

»Kein Ding.«

Während er einen weiteren tiefen Zug nahm, der ihn noch tiefenentspannter wirken ließ, begann ich ihm zu erklären, was ich wollte. Er war begeistert und ohne auch nur eine Sekunde zu zögern von Anfang an hundertprozentig davon überzeugt, dass es absolut Sinn machte, mich zu unterstützen. Er war ein Hase in Menschengestalt, natürlich nicht wirklich, nur rein bildlich. Nils war ein Hase, weil er aus der Situation entschied, ohne abzuwägen, ohne nachzufragen, ohne Zweifel. So wie wir es tun! So wie ich es tat, bevor ich mir das Lesen beibrachte. Wer liest, ist kein Hase mehr, was ich im Nachhinein zutiefst bedaure, aber jetzt nicht mehr ändern kann.

Nils wusste nun genau, was er tun wollte. Der Deckchair im Garten war Geschichte, und zwar im selben Moment, in dem er für immer mit dem Rauchen aufhörte und ein letztes Mal diesen seltsamen Dunst aus seiner Lunge blies. Mir war das sehr recht. Ich mochte den süßlichen Geruch nicht besonders. Hasen haben keinen süßen Zahn, Hasen haben auch kein Karies, das nur nebenbei.

Dass Nils der erste Mensch war, dessen Leben ich komplett umkrempeln sollte, konnte ich damals nicht ahnen. Nils und ich begannen Geschichte zu schreiben, einen ganzen Sommer lang. Für einen Hasen ist das bereits ein Viertel seines Lebens. Das ist nicht wenig, finde ich.

Bender raste in Richtung Haupteingang des Hilton. Es war ein Fehler gewesen, Paslak nach oben zu schicken. Er hätte es wissen müssen. Vielleicht steckte eine instinktive Absicht dahinter, derer er sich bei der Einteilung der Beamten nicht bewusst war, wie auch immer, jetzt musste er den Fehler korrigieren.

Kurz vor dem Erreichen der großen Hotellobby vibrierte das Diensthandy in seiner Hose. Auf dem Display stand eine 1. Das Kanzleramt.

»Bender«, sagte er, ohne nach Luft zu schnappen, obwohl er sehr schnell gelaufen war. Der Einsatzleiter war weitaus besser in Form, als es seine grauen Schläfen und die beträchtliche Zahl seiner Dienstjahre vermuten ließen.

»Wie ist der Stand?«, fragte die Stimme am anderen Ende der Leitung.

»Alles unter Kontrolle.«

»Bender, ich verlasse mich auf Sie!«

»Ich weiß.«

»Bender?«

»Ja?«

»Ich will kein Blut sehen.«

»Verstanden.«

»Bender?«

»Ja?«

»Wer ist oben auf dem Dach?«

Bender zuckte zusammen. Paslak war kein unbeschriebenes Blatt. Die Liste eines jeden Beamten seiner SEK war sorgfältig gecheckt worden, wie bei jedem Einsatz. Dass dieser Mann aber nun oben war, ging aus der Liste nicht hervor. Paslak war für einen plötzlich erkrankten Kollegen eingesprungen. Die Liste hätte entsprechend korrigiert werden müssen, warum es nicht geschehen war, spielte jetzt keine Rolle mehr.

Die Frage aus dem Kanzleramt beschleunigte seinen Atem mehr als jeder Sprint.

»Bender? Hören Sie mich noch?«

Er hörte die Stimme der Macht, aber er wollte und konnte ihre Frage jetzt nicht beantworten. Er entschied sich für die halbe Wahrheit. Bender war ein schlechter Lügner, seine erste Ehe war daran gescheitert.

»Rudnitzki ist da oben.«

»Wer noch?«

»Und …«

»Wer?«

»Paslak.«

»Sind Sie wahnsinnig?«, bellte die Stimme der Macht durch die Leitung.

Bender schwieg, starrte das Handy an und nickte.

Kapitel 3

»Wo warst du?«

Es war nicht so, dass meine Mutter von mir ernsthaft eine Antwort erwartete, sie stellte diese Frage jedem ihrer Kinder, aus reiner Routine. Ich antwortete trotzdem.

»Ich war bei Nils.«

»Kenne ich ihn?«

»Das ist der Junge von nebenan.«

»Ah ja … kannst du vielleicht bitte noch mal rausgehen?«

»Aber ich bin doch gerade erst reingekommen.«

»Bitte.«

»Warum?«

»Jochen!«

Ich liebte unseren Bau, der unter einer alten Gartenhütte war, was für die Stabilität dieser Hütte eine dauerhafte Bedrohung darstellte, uns aber das Gefühl gab, über dem Bau noch ein richtiges Dach zu haben. Ich war gerne zu Hause, und für mich gab es kaum einen schöneren Ort als die kleine Leseecke, die ich mir in der Nähe des Eingangs gebaut hatte.

»Ich würde jetzt wirklich gerne allein sein, Jochen, bitte, ja?«

Jetzt verstand ich, warum meine Mutter lieber allein sein wollte. Sie hatte keine Geheimnisse vor mir, aber jetzt hatte sie wieder diesen besonders warmen Blick in ihren Augen, den ich schon oft bei ihr gesehen hatte. Und ich sah erst jetzt, dass sie sich ein wenig Bauchfell rausgezupft hatte, um damit ihre »warme Ecke« auszupolstern. Mir wurde schlagartig bewusst, warum sie mich nicht bei sich haben wollte. Sie wollte mir den Anblick einer Geburt ersparen. Die gute Mutter. Sie war fest davon überzeugt, dass die wirklich winzig kleine Fehlstellung meiner Augen mit irgendeinem Schock, einem schrecklichen Anblick, einem traumatischen Erlebnis zu tun haben musste. Den wahren Grund konnte sie nicht wissen, wie auch, ich wusste ihn selbst nicht, weil ich damals kein Buch gefunden hatte, das mir diese Frage beantworten konnte.

»Und falls du deinen Vater siehst, sag ihm bitte, dass es so weit ist.«

»Mach ich.«

Wir Hasen machen kein großes Tamtam um das Thema Geburt. Dafür passiert es zu oft. Wir kennen keine Geburtsvorbereitung, keine Hechelübungen, keine Beckengymnastik, keine völlig verängstigten Männer, die im entsprechenden Moment nicht wissen, wie sie helfen können. Die dann anfangen mitzupressen, weil ihnen nichts Besseres einfällt und es zumindest so aussieht, als hätten sie etwas zu tun. Wir lassen es einfach so passieren. Und das funktioniert. Es gibt also auch keinen Grund, etwas daran zu ändern. Ich hatte damals schon einiges darüber gelesen, wie das in deiner Welt läuft, aber ganz ehrlich, das meiste davon habe ich nicht verstanden. Aber ich kann verstehen, warum das bei euch so ein Riesenthema ist.

»Gut, ich geh dann mal wieder, soll ich dir was mitbringen, Mama?«

»Nein, danke, nur deinen Vater.«

Sie brauchte ihn nicht als Beistand oder so was, aber

einer musste sich um den Ausbau unserer Behausung kümmern, und da meine Mutter schon allein dafür sorgte, dass es voller wurde, war es nur gerecht, dass mein Vater sich um das entsprechende Platzangebot zu kümmern hatte.

»Gehst du noch mal zu diesem Jungen?«

»Ja.«

»Pass bitte auf.«

»Er tut mir nichts.«

»Da kannst du dir nicht sicher sein.«

»Bei ihm schon.«

»Ach, Jochen.«

»Mach dir keine Sorgen, Mama!«

Sie machte sich keine Sorgen. Dazu hätte sie ja auch erst mal anfangen müssen nachzudenken.

»Wie findest du den Namen Egbert?«

»Sehr schön.«

»Und Ewald?«

»Auch.«

»Iris, Doris, Anis?«

»Anis ist kein Name, Mama.«

»Wer sagt das?«

»Das weiß man.«

»Ich weiß es nicht. Also?«

»Sehr schön, ich finde alle Namen schön.«

»Wirklich?«

»Mama, wenn ich es doch sage, jeder Name, den du deinen Kindern gibst, ist schön. Jeder!«

Das war gelogen. Es gab eine Menge Namen, die ich interessanter, wohlklingender und auch deutlich verheißungsvoller fand als die Namen, die meine Mutter sich ausdachte und meistens nur vom Hörensagen kannte. Aber mit einer Frau darüber zu sprechen, die kurz vor einer Niederkunft steht, macht keinen Sinn. Was das angeht, ist es bei uns wie bei euch.

Als mein Vater den Bau ohne Vorwarnung betrat, sah er sofort, was los war. Er war seinem Instinkt gefolgt und freiwillig zurückgekehrt.

»Dein Bauchfell, Schatz!«

»Ja. Kannst du bitte mit dem Ausbau beginnen, hinten rechts wäre schön.«

Und er begann damit, Platz zu schaffen für Egbert, Ewald, Iris, Doris und Anis. Er begann zu graben, ohne ein weiteres Wort zu verschwenden. Er fragte nicht nach den Namen, nicht nach mir und wie es mir ging, er war hoch konzentriert auf die Aufgabe, die vor ihm lag.

Es wäre nicht der richtige Moment gewesen, um mit ihm über Nils und mein Outing zu sprechen.

DIE NACHT DES HASEN

Bender steckte das Handy weg und hetzte die Treppen rauf. Den Aufzug hatte er sperren lassen, um Gaffern, Journalisten und ähnlichen Störelementen das Leben schwerer zu machen. Mit jeder Stufe bereute er diese Maßnahme. Und noch mehr bereute er es, keinen Mann zur Verfügung zu haben, der die Sperre hätte auflösen können. Sein SEK bestand nur noch aus der gesetzlich vorgeschriebenen Mindestbesetzung. Doch der Sparzwang des Berliner Senates war jetzt wirklich nicht das richtige Thema.

Er wähnte die halbe Welt in seinem Rücken, während er in Gedanken die wenigen Schritte durchging, die er zu gehen hatte, sobald er das Zielobjekt vor seinen Augen sah.

Auch für Bender war ein Hase ein Novum. Überhaupt, noch nie hatte er einen Einsatz gegen ein Tier leiten müssen, erst recht nicht gegen ein sprechendes.

Anfangs war Jochen ihm gar nicht aufgefallen. Er hatte nur am Rande von ihm gehört. Seine Kinder hatten ihn darauf aufmerksam gemacht, weil sie wiederum über ein Handyvideo auf ihn aufmerksam gemacht wurden. Bender war zu müde, um der Geschichte mehr zu schenken als nur ein höfliches Lächeln, während seine Kinder vor Begeisterung für diesen Hasen fast zu explodieren schienen.

Erst als seine Frau damit begann, ihr Interesse für Jochen zu bekunden, fühlte auch er das Verlangen, sich mehr mit diesem Phänomen zu beschäftigen.

Bender hegte durchaus Sympathie für diesen Hasen, der auf seine seltsame Art Dinge zu verkünden wusste, die ihm richtig erschienen. In einer Lagebesprechung des SEK, kurz vor dem Zugriff auf einen bewaffneten Raubüberfall in Köpenick vor wenigen Monaten, zitierte Bender einen der zentralen Sätze Jochens.

»Erst wenn du sicher bist, kannst du dir sicher sein.«

Dieser Satz führte am Ende dazu, dass Bender den Zugriff auf den bewaffneten Räuber abblies. Kurz danach zündete der Mann im Inneren des Hauses, in dem er sich vor dem Zugriff zu schützen versuchte, eine Bombe, die das Haus und die beiden frisch renovierten Reihenhäuser in unmittelbarer Nachbarschaft dem Erdboden gleichmachte.

Bender war sich nicht sicher, ob der Rückzugsbefehl der richtige gewesen war. Als er die Explosion hörte, war er es.

Und jetzt trennten ihn nur noch zwei Stockwerke von dem Hasen, dem er diesen Befehl am Ende zu verdanken hatte.

Zwei Stockwerke, die ihn nun auch noch von einem der schwierigsten SEK-Beamten trennten, den er kannte. Noch einmal versuchte er, mit ihm Kontakt aufzunehmen.

Doch weder Paslak noch Rudnitzki antworteten auf seine Funkanfrage.

Dann fiel ein Schuss …

Kapitel 4

»Es ist verrückt, aber ich habe gestern gelesen, dass die Amerikaner über eine Milliarde Dollar ausgeben, um Leben auf dem Mars zu entdecken.«

Nils war nicht nur beeindruckt von meinem Wissen, er stimmte mir auch zu.

»Aber wenn sie so viel da oben ausgeben, um Leben zu entdecken, wäre es dann nicht sinnvoller, hier unten etwas weniger Geld auszugeben, um Leben zu zerstören?«

»Wow.«

»Wow? Wie meinst du das, Nils?«

»Für einen Hasen bist du ziemlich schlau.«

»Was soll das heißen, für einen Hasen? Hältst du uns Hasen für doof?«

Nils ruderte sofort zurück, er wollte mich nicht beleidigen und schon gar nicht uns alle. Für einen Moment hatte ich vergessen, dass er im Unterschied zu mir noch nicht lange wusste, dass es Hasen gab, die mehr konnten, als nur süß auszusehen und den Löwenzahn in seinem Garten zu mümmeln. Seine Entschuldigung klang aufrichtig und überzeugend.

»Nein, tut mir leid, keine Ahnung, eigentlich kann ich das gar nicht beurteilen. Du bist der erste Hase, mit dem ich darüber spreche und über so was überhaupt nachdenke. Sorry, echt.«

»Schon gut, du hast ja recht, die meisten Hasen wissen das nicht.«

»Was?«

»Das mit den Amerikanern, dem Mars und dem ganzen Geld.«

»Weil es sie nicht interessiert?«

»Nein, weil sie nicht darüber nachdenken, ob irgendwas interessant ist. Das ist ein Unterschied.«

»Versteh ich nicht.«

»Wir denken nicht nach.«

»Nie?«

»Selten.«

»Selten? Aber wie kann man nicht nachdenken?«

»Warst du schon mal verliebt?«

»Klar.«

»Weil du vorher nachgedacht hast?«

»Nee.«

»Siehst du. Das Gegenteil von Denken ist Wahrnehmung und Intuition. Das funktioniert einfach so. Meistens jedenfalls. Du fasst ein brennendes Stück Holz an, du ziehst den Finger zurück. Darüber wirst du nicht nachdenken. Wenn du es aber tust, wirst du dich verbrennen. 1:0 für die Intuition.«

»Scheiße.«

»Wie?«

»Du hast recht.«

»Natürlich.«

Nils war verliebt. In Jenny, eine echte Schönheit, die ich mal auf einer Party in seinem Garten bestaunen durfte, als ich es noch vorzog, zu schweigen, statt mich der Öffentlichkeit mit meinen Fähigkeiten zu stellen. Sie hatte die Schule ein Jahr vor Nils verlassen, weil er dem wenig lukrativen Angebot einer außerordentlichen Schulzeitverlängerung höchst unfreiwillig nachkommen musste. Jenny studierte Medizin in Tübingen, und dass Nils für sie mehr empfand als nur reine Freundschaft, hätte sie ahnen können, schon auf der Party. Wissen tat sie es nicht.

»Was ist jetzt eigentlich dein Plan?«

»Ich muss den Menschen erklären, wo es langgeht.«

»Klar, aber ich schätze, das wird nicht so einfach.«

»Wenn es einfach wäre, bräuchte ich nicht deine Hilfe.«

Nils nahm das schlecht versteckte Kompliment so, wie ich es beabsichtigt hatte. Als einen Egostreichler de luxe. Eigentlich mochte ich keine Küchenpsychologie, so wie ich die meisten Umwege und manipulativen Tricks der Kommunikation nicht besonders leiden konnte. Hasen bevorzugen den direkten Weg. Das macht uns berechenbar und zugleich liebenswürdig. Wir machen niemandem etwas vor. Wir schlagen Haken, aber das hat mit Vormachen nichts zu tun, wenn man weiß, warum wir Haken schlagen. Selbst wenn wir Haken schlagen, sind wir geradeaus. Wir sind eins zu eins, wie es bei euch heißt. Falsche Hasen gibt es nur in einem schlechten Rezept! Wer mit uns zu tun hat, weiß immer, woran er ist. Aber wer mit euch zu tun haben will, der kann gar nicht anders, als sich dieser Instrumente zu bedienen und den Umweg zu gehen. Muss wohl so sein.

Ich war fest entschlossen, mein Wissen nicht für mich zu behalten. Um jeden Preis. Meine Büchse der Pandora war längst geöffnet. Und Nils war derjenige, der mit mir die nächsten Schritte organisieren sollte.

DIE NACHT DES HASEN

Paslak brauchte genau fünf Sekunden, um zu realisieren, was passiert war. Er sah in die weit geöffneten Augen von Rudnitzki, während Jochen einen halben Meter zurückgetaumelt war.

Auf den Straßen vor dem Hotel hatte die laute Detonation für Panik gesorgt. Die Menschenmasse geriet in Bewegung. Und je unorganisierter die Laufwege und Ziele dieser Masse wurden, desto unpräziser wurde auch die Schilderung dessen, was da oben passiert war. Genaues wusste niemand, aber spekulieren konnten alle.

»Jochen ist tot! Tot, tot, tot!«, schrie eine hysterisch grimassierende Zahnarzthelferin aus Neuwied, die mit ihrem Chef auf einer Fortbildung war, wie die Gattin des Zahnarztes glaubte. Die Fortbildung war eine Lüge, was die Gattin nie erfahren sollte.

»Er hat auf uns geschossen, Deckung!«, befahl ein ehemaliger NVA-Offizier aus Prenzlau mit der Inbrunst der Überzeugung und dem Wissen eines Mannes, der nur aufgrund eines vermeintlich sehr speziellen Schussklangbildes zu wissen glaubte, wem der Schuss gewidmet war und in welche Richtung er abgefeuert wurde.

»Jochen würde niemals auf uns schießen!«, sagte ein überraschend ruhig wirkender Internatsschüler aus Rangsdorf.

»Bullenschweine!«, brüllte nun ein Autonomer, der vor

einem halben Jahr noch ein Praktikum bei der Berliner FDP absolviert hatte und aus Enttäuschung über mangelnde Berufsperspektiven innerhalb der Liberalen den Weg in eine andere Richtung eingeschlagen hatte.

Jetzt war es passiert. Schlimme Erinnerungen wurden aufgefrischt, an eine Zeit, in der schon einmal ein Protest mit einem Schuss beendet wurde. Damals war der Todesschuss ein Startschuss für eine Welle der Veränderung.

Die Masse kannte kein Halten mehr und bei Victor, der im Hilton an der Rezeption arbeitete, klingelten die Alarmglocken. Zu Recht, denn in diesem Moment stürmten die ersten Menschen in das Hotel, um sich ein persönliches Bild von dem zu machen, was da oben auf dem Dach passiert war.

Victor dachte keine Sekunde daran, die Menschen aufzuhalten. Er öffnete stattdessen den Schrank, in dem er seine Privatsachen aufbewahrte, zog seinen schwarzen Mantel an und verschwand durch den Personaleingang in die Dunkelheit der Nacht.

Bender benötigte keine zehn Sekunden, um zu wissen, was unten auf der Straße passiert war.

Tausende Male hatte er mit seinen Männern Paniksimulationen durchgespielt, jetzt musste er beweisen, ob das Geprobte dem Ernstfall standhalten würde.

Kapitel 5

Es war der richtige Entschluss, es erst gar nicht allein zu versuchen. Jeder, der Dinge zu verkünden hat, die mehr und nachhaltigere Veränderungen bewirken sollen als ein Diätplan oder ein schlechter Songtext, weiß, dass man viele Verbündete braucht, die einem bei der Verkündigung helfen. Es müssen nicht gleich zwölf Jünger sein oder ein ganzer Tempel voller orange gekleideter Menschen, die einem an jeden Ort dieser Welt folgen, solange man ihnen verspricht, dass sie weit und breit nichts Besseres finden werden. Aber man braucht genug Experten, die den verschiedenen Ansprüchen dieser Herausforderung gerecht werden können. Experten mit unterschiedlichen Fähigkeiten und der Kenntnis von modernster Technik. Mit einem Esel durch die Gegend zu reiten und die Wahrheit zu verkünden, das reicht seit tausend Jahren nicht mehr. Die Zeiten haben sich geändert. Wer die Welt verändern will, braucht ein professionelles Team, da gibt es keine Ausnahme. Es sei denn, man ist Gott. Und das sind die wenigsten.

Ich hatte mich schon seit längerer Zeit mit Social Media und solchen Dingen beschäftigt. Mit Karrieren, die über Nacht, nicht durch Können und Talent, sondern nur durch millionenfache Klicks möglich gemacht wurden. Mit Cross-Media-Aktivitäten, Blogs und Co. und diesem ganzen virtuellen Wahnsinn, der aus Nichtigkeiten Bedeutsames zaubern kann.

Da Hasen vieles können, nur nicht auf kleinen Tastaturen herumtippen, weil die Hardwareanbieter bei der Konstruktion ihrer Geräte grundsätzlich nicht an Hasen und unsere kleinen Pfoten denken, war ich leider auf menschliche Unterstützung meiner Pläne angewiesen.

Nils hatte die besten seiner Freunde eingeladen und ihnen einen Abend versprochen, den sie nie vergessen würden. Er hatte ihnen vorher kein Wort über mich verraten. Nils wollte es spannend machen und niemanden im Vorfeld erschrecken oder sich dem Verdacht der Hochstapelei aussetzen, das verstand ich. Er war der Master of Ceremony – und ich die Sensation. Es gibt Schlimmeres.

»Okay, ihr fragt euch, was das große Ding ist, das ich versprochen hab.«

Während Alex, der ewige Fahrradkurier, und Paul, der auf irgendeinem verschlungenen Weg mit Nils verwandt war und sich für seine Zukunft nur insofern interessierte, als er hoffte, sie würde überhaupt stattfinden, sich nur ahnungslos angrinsten, schenkte Marie dem Master of Ceremony ihre uneingeschränkte Aufmerksamkeit. Sie war die Einzige, die seiner großen Versprechung Glauben schenkte. Und sie war verliebt in ihn, was sie sich nicht traute ihm zu sagen. Aus ihrer Aufmerksamkeit hätte er es ablesen können. Er konnte es nicht, und solange Jenny noch in seinen Gedanken und Träumen kreiste, war auch nicht damit zu rechnen.

»Hast du neues Gras gekauft?«, wollte Alex von ihm wissen. Beim Stichwort Gras zuckte ich kurz in meinem Versteck zusammen. Dass ihr Gras für ein großes Ding halten könnt, war mir bis dahin neu. Und dass man Gras nicht nur essen, sondern auch rauchen kann, war mir ebenfalls nicht bekannt. Ich interessierte mich nicht für Dinge, die mein Bewusstsein künstlich verändern können, dass ich es irgendwann tun *musste*, war nicht meine Schuld.

»Nee, das Thema ist für mich erledigt.«

»Wie, du rauchst nicht mehr?«

»No!«

Marie begann zu lächeln, ich konnte es ganz genau sehen. Dieses komische Rauchen war ihr immer schon suspekt gewesen, ich hatte diverse Diskussionen zwischen und ihr und Nils zu diesem Thema verfolgen können. Und jetzt, wo Nils damit offensichtlich aufgehört hatte, erschien er ihr noch anbetungswürdiger, und vielleicht hoffte sie, dass er nun, da er völlig klar bei Verstand war, auch besser erkennen könnte, was sie von ihm wollte.

»Dein Pech!«, kommentierte Alex, während Paul noch immer schwieg und vielleicht derweil an einer eigenen Meinung zu diesem Thema bastelte. Paul schwieg meistens. Wenn er sich äußerte, dann schriftlich. Paul schrieb diverse Blogs, hatte bei Facebook mittlerweile mehr Freunde als die meisten mittelbegabten Schauspieler und Popsternchen und war mit seinen Fingern auf der Tastatur mindestens auf Formel-1-Niveau. Was ihm fehlte, war eine Brille, alberne Logo-Shirts und eine kapitale Ansammlung von Pickeln, die ihn auch äußerlich zu einem Klischee-Nerd gemacht hätten. An dieser Stelle muss gerechterweise gesagt werden, dass Paul für jemanden der das Sonnenlicht mied wie ein Vampir oder Hautallergiker, ziemlich gut aussah, soweit ich das als männlicher Hase, mit einseitigem Geschmack, beurteilen kann. Paul trug keine T-Shirts, sondern grundsätzlich Anzüge. Vintage-Look. Junge Männer, die mit neunzehn Jahren schon Anzüge tragen, arbeiten in der Regel bei der

Bank oder einer Versicherung. Paul trug sie freiwillig, weil sie ihm, wie er sagte, stehen. Da hatte er recht.

»Alter, jetzt schieß mal los, was geht?«

Fahrradkuriere gehören nicht zu den Menschen, denen Geduld irgendetwas sagt. Fahrradkuriere haben es eilig, immer, auch dann, wenn sie nicht auf dem Fahrrad sitzen. Wenn sie es nicht eilig haben, hören sie Musik, trinken etwas oder rauchen. Natürlich in unangemessener Geschwindigkeit. Selbst beim Sex haben sie es eilig. So eilig, als gälte es nicht nur in Rekordzeit zu einem Höhepunkt zu kommen, sondern einen Kurierbrief just in time zuzustellen, von dessen Inhalt die Rettung der modernen Zivilisation abhängt, mindestens. Wahrscheinlich können sie den Sex auch nicht genießen, nach dem Höhepunkt ist vor dem Höhepunkt, wenn du verstehst, was ich meine. Falls du wissen möchtest, woher ich das mit dem Sex in diesem speziellen Fall weiß, dann stelle dir bitte eine Gartenparty vor, wo alle ziemlich durcheinander sind, weil sie viel getrunken haben. Während ich in einem Gebüsch sitze, zum Zusehen verdammt, weil sämtliche Fluchtwege von Gästen zugestellt waren. Den Rest musst du dir vorstellen …

»Es geht um Jochen …«

»Cool. Und wer ist Jochen? Nie gehört, was is' das denn überhaupt für 'n Name. Jochen? So heißt doch kein Mensch.«

»Ja, das is' schon mal gar nich' so verkehrt gedacht«, sagte Nils.

»Alter, wird das jetzt 'n Quiz, oder wie? Sollen wir rauskriegen, was du von uns willst, oder sagst du es uns selbst?«

»Alex, lass ihn doch einfach mal ausreden«, empörte sich

Marie und sprach damit genau das aus, was ich in meinem Versteck dachte.

»Ich lass ihn doch!«

»Nee, tust du nicht!«

»Dann lass ich ihn eben ausreden. Gerne.«

»Super, danke!«

»Bitte, gerne!«

Menschen können so verdammt umständlich sein, das ist auch einer der Gründe, warum sie länger leben als wir. Menschen brauchen viel mehr Zeit, weil sie nicht zur Sache kommen können. Ich wäre wahnsinnig gerne sehr schnell zur Sache gekommen, denn so langsam wollte ich raus aus dieser albernen Transportkiste für Katzen, die Wolfarths sich angeschafft hatten, als sie noch eine Katze besaßen. Mikesch war aber schon nach wenigen Wochen wieder verschwunden, einfach abgehauen. Mir war das sehr recht. Lebewesen, die in mir nur so was wie einen kleinen Imbiss sehen, werden grundsätzlich nicht meine Freunde. Das ist auch der Grund, warum ich Steinmarder, Füchse und die meisten Greifvögel ablehne. Das ist nichts Grundsätzliches. An mir würde eine Freundschaft nicht scheitern, die Voraussetzung wäre nur die komplette Umstellung des Ernährungsplanes dieser anderen Kreaturen.

»Okay, bevor du platzt ...«

Nils holte die Transportkiste hervor und lenkte endlich die komplette Aufmerksamkeit auf mich.

»Oh, ist der süß!«

Dafür hätte ich Marie anspringen können, aber ich riss mich zusammen, denn manchmal kann ja auch ich verstehen, warum mich alle süß finden.

»Schielt der? Cool!«

Diese Bemerkung hätte sich Alex sparen können.

»Einen schielenden Hasen habe ich noch nie gesehen, gab's da nicht mal 'n Opossum, das geschielt hat? Genau, ein Opossum«, fuhr er fort.

»Hieß Heidi«, sagte Nils.

»Genau, Heidi, wie geil.«

»Und der Plan?«, fragte Paul knapp und pointiert. Er war als Einziger in der Lage, in dieser Situation etwas zu antizipieren, das mehr sein musste als nur die Zurschaustellung eines süßen, schielenden Hasen. Plan klang bedeutend, richtungsweisend, aktiv. Und genau das war es, was ich wollte.

Er nahm mich zur Kenntnis, als gäbe es nichts Selbstverständlicheres als einen schielenden Hasen in einer Transportbox für Katzen. Nils atmete noch einmal tief durch, um den kurzen Augenblick vor der großen Überraschung zur maximalen Sauerstoffaufnahme zu nutzen. Dann breitete er die Arme im Stil eines Impresarios aus und kündigte mich an wie einen Showstar in Las Vegas.

»Ladies and Gentlemen, das Wort hat Jochen!«

Damit öffnete Nils die Transportbox und gab die Bühne für mich frei. Ich zog es vor, auf unnötige Kunstpausen zu verzichten und kam gleich zur Sache.

»Ich bin der Plan!«, sagte ich.

Und dann herrschte Schweigen. Was sogar für Alex galt. Er, Paul und Marie zeigten keinerlei Reaktion, die drei sahen aus wie schockgefroren. Nur Nils grinste, weil er wusste, dass er mit dem ganz großen Ding kein bisschen übertrieben hatte.

DIE NACHT DES HASEN

»Was soll das heißen, es ist ein Schuss gefallen?«, brüllte die Stimme der Macht durch die Flure des Kanzleramtes.

»Tut mir leid, aber wir wissen noch nicht mehr«, antwortete Staatssekretär Böblinger und ruderte dabei entschuldigend mit seinen speckigen Armen, als hätte er dadurch die Chance, sein persönliches Versagen zu entschuldigen.

»Wo ist dieser Bender?«

»Im Hilton.«

»Dann holen Sie ihn mir ans Telefon.«

»Tut mir leid, aber das wird nicht gehen.«

Die Stimme der Macht gab Böblinger mit einem einzigen Blick zu verstehen, dass seine Tage als Staatssekretär gezählt waren.

»Warum?«

»Weil … weil …«

»Weil was?«

»Wir haben den Kontakt zu Bender verloren.«

»Wie kann man den Kontakt zu einem Einsatzleiter des SEK verlieren? Und jetzt kommen Sie mir ja nicht mit so was … der ist in einem Funkloch …«

»Nein.«

»Was, nein?«

»Er ist nicht in einem Funkloch.«

»Sondern?«

»Wir wissen nicht, wo er ist.«

»Das ist ja ganz wunderbar, Böblinger! Die Stadt schaut

auf uns. Das Land schaut auf uns. Die Welt schaut auf uns, und Sie wissen nicht, was los ist?«

»Ja.«

Er stellte das Rudern seiner Arme ein, um die Stimme der Macht nicht weiter aufzuregen. Für eine Sekunde hatte dieser Strategiewechsel den erhofften Erfolg. Dann aber schwoll die Halsschlagader der Stimme der Macht an, als hätte ein Schwarm Hornissen in sie hineingestochen.

»Stellen Sie mich sofort zum Einsatzwagen durch.«

»Das geht leider auch nicht… die Beamtin hat den Kontakt abgebrochen.«

»Böblinger? Wenn Sie mir nicht auf der Stelle einen Kontakt…«

»…Aber.«

»Ich dulde kein ABER!«

»Aber…«

»Hauen Sie ab! Sofort!«

Die Stimme der Macht war so wütend wie in der Nacht, in der die Wiederwahl nur an einem lächerlich kleinen halben Prozent hing und die Hochrechnungen sich noch mehrere Stunden nach Schließung der Wahllokale damit beschäftigten, die Zahlenspannung zu halten. Noch einmal würde die Stimme der Macht es nicht schaffen.

Dann griff die Stimme der Macht zum Telefonhörer, während Böblinger nicht nur im Aufzug des Kanzleramtes auf dem Weg nach ganz unten war.

Am anderen Ende der Leitung meldete sich die kleine Tochter der Stimme der Macht. Josefine hatte auf den Anruf gewartet. Ihre Stimme klang ängstlich und verheult.

»Was ist mit Jochen?«

»Alles gut, mein Schatz.«

»Du lügst. Ich habe es im Fernsehen gesehen.«

»Schalt sofort den Fernseher aus.«

»Nein!«

»Josefine, bitte! Die im Fernsehen, die wissen auch nicht immer alles. Manchmal zeigen die Sachen, die sie besser nicht zeigen sollten.«

»In den Nachrichten?«

»Ja, auch in den Nachrichten.«

»Da bist du auch manchmal. Oft.«

»Ich muss das.«

»Ich auch.«

»Was?«

»Fernsehen gucken.«

»Josefine, bitte, mach den Fernseher aus, diesmal wissen die wirklich nicht, was sie tun.«

»Doch!«

»Kind, die wollen nur, dass ihr euch alle Sorgen macht!«

»Warum?«

»Damit sie ... damit sie ... Josefine, mach jetzt den Fernseher aus!«

»Du hast versprochen, dass Jochen nichts passiert.«

»Ich ...«, jetzt ruderte die Stimme der Macht ebenfalls mit den Armen. Was Josefine nicht sehen konnte, was sie aber, wenn sie es hätte sehen können, keinesfalls als entschuldigende oder beruhigende Maßnahme akzeptiert hätte. Kinder vertrauen ihren Eltern, und ganz besonders vertrauen sie den Versprechen ihrer Eltern. Daran werden Eltern so lange gemessen, bis die Kinder groß genug sind, um selbst Versprechen zu geben, die sie nicht halten können.

»Du hast es versprochen!«, wiederholte Josefine, unnötigerweise, wie die Stimme der Macht es empfand, aber nicht offen aussprach.

»Jochen wird nichts passieren, solange ich an der Macht bin, das musst du mir glauben, mein Schatz.«

Die Stimme der Macht wünschte sich in diesem Moment nichts sehnlicher, als dieses Versprechen halten zu können. Für einen Moment dachte die Stimme der Macht an die erste persönliche Begegnung mit Jochen.

Der Hase war mit einer beträchtlichen Entourage ins Kanzleramt gekommen, unmittelbar nach seinem dritten Auftritt bei Günther Jauch. Bis zu diesem Tag hatte sich Jochen auf Anraten seiner Berater geweigert, sich politisch zu positionieren. Dazu gehörte auch die strikte Ansage, sich mit keinem Amtsinhaber, Mandatsträger oder sonstigen Politfunktionären persönlich und außerhalb eines öffentlichen Raumes zu treffen. Er hatte seine Weigerung nur aufgegeben, weil die Stimme der Macht ihm einen sehr persönlichen Brief geschickt hatte. Handschriftlich, per Post.

Jochen antwortete mit einem Anruf, weil die Stimme der Macht ihn darum gebeten hatte, nicht etwa, weil er sich dadurch geschmeichelt fühlte, als erster Hase der Welt die Durchwahl ins Kanzleramt bekommen zu haben. Zu diesem Zeitpunkt seiner Karriere war Jochen schon immun gegen Herausforderungen seiner Eitelkeit. Jochen antwortete, weil die Stimme der Macht auch im Namen von Josefine um ein Treffen bat. Das überzeugte ihn, und die kleine Löwenzahnwiese, die Josefine unter den Brief gemalt hatte, ließ ihn auch nicht an der Echtheit des Briefes zweifeln.

Als Jochen sein Kommen verkündete und einen konkreten Termin vorschlug, der auch nicht zu verhandeln war, wurde es hektisch im Kanzleramt.

Die Stimme der Macht und Böblinger organisierten innerhalb kürzester Zeit einen Stab von Leuten, die mit nichts anderem beschäftigt waren, als dieses Treffen mit Jochen vorzubereiten. Viel Zeit hatten sie nicht zur Verfügung. Das Problem hatte Jochen auch, aber, im Unterschied zum Planungsstab, schon seit seiner Geburt.

Das Treffen mit dem amerikanischen Außenminister, die Telefonkonferenz zur operativen Vorbereitung der Welt-Klima-Konferenz im folgenden Jahr und die Bekanntgabe der Ergebnisse eines Untersuchungsausschusses für Steuermissbrauch in Brandenburg und Hessen wurden vertagt. Niemand protestierte dagegen, für diese Entscheidung zugunsten des Hasen hatte jeder Verständnis.

Die konkrete Auswahl der anzubietenden Getränke und Speisen war mindestens so bedeutend wie das Outfit der Stimme der Macht, das am Tag der ersten Begegnung sechsunddreißigmal ausgetauscht, variiert und ausprobiert wurde, bis es endlich passend erschien. Nicht zu staatstragend, nicht zu anbiedernd jovial, nicht zu jugendlich, nicht zu alt, irgendwie hasenkompatibel und ein bisschen stylish, lautete die eindeutige Ansage. Irgendwann war man fündig geworden und ganz sicher, die richtige Wahl getroffen zu haben. Die Stimme der Macht empfing Jochen am Ende in einem dunkelgrünen, bereits einmal getragenen Trainingsanzug ohne erkennbares Label.

Jochens ersten Satz bei ihrer Begegnung im Kanzleramt würde die Stimme der Macht nie vergessen. Er war keine

Sekunde in dem riesigen Büro, im Zentrum der Macht, als er die dazugehörige Stimme auf dem cremefarbenen Ledersofa entdeckte, mit demonstrativ locker übereinandergeschlagenen Beinen. Jochen konnte gar nicht anders, als der Stimme diese Frage zu stellen.

»Wollen Sie gleich zum Sport, oder wollen wir vorher noch was reden?«

Kapitel 6

Nils lag auf dem Bauch vor unserem Bau und schaute hinein. Er musste dabei durch ein kreisrundes, offenes Loch gucken, dessen Umfang in etwa einem zu klein geratenen Bierdeckel entsprach. Groß genug, um keinem von uns, selbst mit vollem Bauch, Schwierigkeiten beim Eintritt zu bescheren, selbst bei Trächtigkeit.

»Hallo?«

Obwohl Nils sich viel Mühe gab, so friedlich und unbedrohlich zu klingen wie nur irgend möglich, kam seine Begrüßung durch das Loch der Ankündigung der Apokalypse gleich. Ich hätte meine Mutter wirklich besser vorbereiten müssen, als Nils zum ersten Mal seinen Kopf vor den Eingang unseres Baus hielt, um sich offiziell vorzustellen. Sie warf sich ruckartig mit einem beherzten Sprung vor meine neuen und alten Geschwister und starrte mit weit aufgerissenen Augen in das Gesicht meines Freundes, das oben den gesamten Umriss des Loches ausfüllte. Da mein Vater aufgrund der unzähligen Baumaßnahmen der letzten Monate vergessen hatte, einen zweiten Ein- bzw. Ausgang zu buddeln, erschien meiner Mutter unser Zuhause in diesem Augenblick wie eine Sackgasse, aus der es kein Entkommen mehr gab. Mein Vater schlief derweil an seinem Platz und bekam von all dem nichts mit. Er hatte wirklich viel gebuddelt, wie ich zu seiner Entschuldigung gerne hinzufüge.

Meine Mutter war also mit ihrer Panik zunächst alleine. Es ist nicht so, dass wir Hasen grundsätzlich Angst vor Menschen haben. Sie gehören nicht zu unseren natürlichen Feinden, es sei denn, sie fahren Mähdrescher, haben einen Garten mit Gemüse oder rasen mit ihren Autos zu schnell über Landstraßen. Aber Menschen, die mit ihren großen Augen durch den kleinen Eingang unseres Baus starren und dann auch noch sprechen, das ist nicht unbedingt der Traum eines jeden Hasen.

»Nicht erschrecken, ich bin der Nils.«

Meine Mutter schaute zu ihrem Mann, der immer noch schlief, aber auch selbst dann keine Hilfe gewesen wäre, wenn er sich wie sie fast zu Tode erschrocken hätte.

»Mama?! Alles gut«, sagte ich nun und schob mich an Nils vorbei in den Bau.

Es wäre wirklich besser gewesen, wenn ich das gleich getan hätte, statt meinem Freund den Vortritt zu lassen.

»Wer ist das?«, wollte meine Mutter wissen.

»Das ist Nils.«

Meine Mutter konnte seine Sprache nicht verstehen, im Unterschied zu mir hatte sie sich nie für eure Welt interessiert, demzufolge auch nicht mit eurer Sprache beschäftigt.

»Und was will er?«

»Jochen?«, rief Nils nun in den Bau. »Alles okay?«

»Einen Moment, ich spreche gerade mit meiner Mutter.«

»Sprichst du mit dem?«, wollte sie nun wissen.

»Eigentlich spreche ich mit dir.«

»Jochen, was machst du denn bloß, du sprichst mit Menschen?«

»Er ist mein Freund.«

»Ach, Jochen.«

»Und er tut uns nichts«, versuchte ich sie zu überzeugen.
»Jochen, alles okay?«, fragte Nils erneut.

Nils ließ seinen Blick durch unseren Bau kreisen, so gut es ging. Sein Blickradius war nicht besonders groß, und aufgrund der fehlenden Innenbeleuchtung unseres Baus konnte er so gut wie nichts erkennen. Nicht meinen schlafenden Vater, meine ängstliche Mutter und auch nicht meine neuen Geschwister, die sich mit ihren völlig verklebten Augen noch kein Bild von ihrer neuen Welt gemacht hatten.

»Ich würde ja gerne reinkommen, aber irgendwie …«

»Lass mal, Nils, das wäre keine gute Idee.«

»Sind denn deine Leute da?«

»Das sind nicht meine Leute, das ist meine Familie.«

»Sorry.«

»Kein Problem.«

Meine Mutter stupste mich in die Seite. Da nun seit einigen Minuten nichts passiert war, hielt sie mittlerweile den Grad der Bedrohung für einigermaßen überschaubar.

»Was redet ihr denn die ganze Zeit?«

»Nils und ich, wir haben dir was zu sagen.«

»Ich versteh ihn doch gar nicht.«

»Deshalb sage ich dir auch, was wir zu sagen haben.«

Ich machte eine kleine Pause, weil ich wusste, dass das, was ich ihr zu sagen hatte, nichts war, was sie erfreuen würde. Auch bei uns gilt, lieber ein kurzer Schreck als ein Schrecken ohne Ende. Am Ende ist das Überbringen einer schlechten Nachricht vergleichbar mit der Entfernung von Beinbehaarung durch heißes Wachs. Entweder man reißt das Ganze mit einem einzigen, schnellen Ruck vom Bein, oder man leidet stundenlang. Ich habe mir zwar noch nie die Haare entfernen lassen, aber ich kann mir vorstellen, mit welchen Schmerzen das verbunden ist, seit ich einmal mit meinem Hintern an einem Stacheldrahtzaun hängen geblieben bin.

»Ich werde euch verlassen«, sagte ich, so schnell es ging und so überzeugend klingend, als gäbe es nichts Selbstverständlicheres auf der ganzen Welt, als einen Sohn, der die Hasenwelt verlassen will, um mit seinem sehr großen Freund eine Mission zu unternehmen.

»Was? Warum?«

»Weil die da draußen mich brauchen.«

»Wer sind die da draußen?«

»Die Menschen!«

Meine Mutter schwieg, wie sie es immer tat, wenn sie etwas erlebte, das sie nicht intuitiv verarbeiten konnte. Es war nicht so, dass sie nun ernsthaft darüber nachdachte, was ich eben gesagt hatte, sie wartete nur auf den entsprechenden instinktiven Impuls, um angemessen zu reagieren. Der Impuls ließ aber auf sich warten. Und draußen wurde Nils langsam unruhig.

»Jochen, alles okay da drin?«

Dass Nils nun versuchte, seinen Arm durch den Eingang unseres Baus zu zwängen, war keine gute Idee. Meine Mutter musste das einfach falsch verstehen.

»Zurück, alle zurück!«, brüllte sie.

Und jetzt erwachte auch mein Vater, und das Erste, was er nach seinem wohlverdienten Schlaf sah, waren fünf menschliche Finger, die in unserem Eingang steckten und sich wild durcheinander bewegten wie überdimensional große Maden auf den Überresten eines überfahrenen Feldhamsters.

»Hilfe!«, schrie er und floh vor der Monstermadenattacke direkt in die Pfoten seiner Frau.

Für Nils klang das alles nach einer munteren Familienzusammenkunft, was ihn dazu animierte, seine Hand noch weiter vorzustrecken. Für meine Mutter, eindeutig zu weit. Sie biss zu, was sie selten tat. Doch in diesem Moment hatte sie keine andere Wahl.

»Au!«

Nils riss seine Hand zurück und mein Vater lächelte stolz und total erleichtert seine mutige Frau an, die mit ihrem präzisen Biss ihn und die ganze Familie vor den Monstermaden gerettet hatte.

»Das war knapp, was?«, sagte mein Vater, als hätte er höchstselbst die Gefahr für sich und uns gebannt.

»Jochen will uns verlassen.«

»Ach, wusste ich gar nicht.«

»Ist das alles, was dir dazu einfällt?«

»Ja, eigentlich schon.«

»Gut. Dann kann man wohl nichts mehr daran machen.«

Der Instinkt meiner Mutter war richtig. Man konnte nichts mehr daran machen und jede weitere Diskussion wäre reine Zeitverschwendung gewesen. Und Zeit ist nun mal bei uns Hasen etwas, wie du wahrscheinlich längst weißt, was uns nicht unendlich zur Verfügung steht.

»Ich melde mich, sobald ich zurückkomm.«

»Ja, tu das.«

Meine Mutter seufzte kurz, dann rieb sie noch einmal ihre Nase an meiner Brust. Dem war nichts mehr hinzuzufügen.

Ich atmete noch einmal tief den Geruch meiner Mutter ein, rieb dann meine Nase an ihrer Brust und verließ unseren Bau. Bei meinem Vater verabschiedete ich mich nicht. Er hatte bereits damit begonnen, einen weiteren Ausgang zu bauen, ihn davon abzulenken, erschien mir nicht sinnvoll.

Draußen wartete Nils auf mich.

»Alles okay?«

»Bestens.«

»Und die sind nicht traurig, dass du gehst?!«

»Nee, warum?«

»Na ja, schätze, du wirst so schnell nicht wiederkommen. Wir haben ganz schön was vor, und das wird für mächtig Wirbel sorgen.«

»Ja, schätze ich auch.«

Ich warf einen letzten Blick auf mein altes Zuhause, dann sog ich noch einmal den erdigen Geruch unseres Baus in die Nase, strich mir über die Ohren und war nun bereit für das ganz große Abenteuer.

Jedenfalls fast, zwei Dinge musste ich noch klären.

»Nils?«

»Ja.«

»Du musst mir was versprechen, zwei Dinge. Erstens, meine Familie müssen wir aus allem raushalten.«

»Klar, unbedingt. Versprochen! Und zweitens?!«

»Wir bleiben Freunde, egal, was passiert.«

»Geht klar, Jochen.«

»Versprochen?«

»Versprochen. Großes Hasenehrenwort.«

»Das gibt es nicht!«, korrigierte ich ihn.

»Okay, dann nur so: Versprochen!«

DIE NACHT DES HASEN

Jochens Reflexe waren noch immer nicht an dem Punkt, an dem sie bei Hasen sind, die nur unter dem Einfluss carotinreicher Möhren stehen und nicht unter dem weitaus unkontrollierbarerem Einfluss chemischer Substanzen. Doch das Blut, das jetzt aus seinem Oberschenkel tropfte, führte zu einer in jedem Fall angemessenen Reaktion.

»Was ist denn das, ich glaub, ich blute«, konstatierte Jochen leise und war sich anscheinend immer noch nicht ganz sicher, ob er verletzt war oder nicht. Schmerzen fühlte er keine, was zu diesem Zeitpunkt der Geschichte an der Abschaltung einiger seiner Synapsen lag und nicht an mangelnder Empfindlichkeit.

Rudnitzki schien immer noch nicht fassen zu können, was passiert war. Und Paslaks nun folgender Versuch, Klarheit in das Geschehen zu bringen, trug nicht entscheidend dazu bei, daran etwas zu ändern.

»Respekt!«, war alles, was Paslak einfiel, um den schwärzesten Tag im Leben seines Kollegen zu kommentieren.

»Halt die Fresse, Paslak! Das war ein Unfall!«

»Was genau meint ihr?«, fragte Jochen die beiden Beamten vor ihm, leise und überraschend freundlich interessiert.

»Wenn du dem verdammten Hasen antwortest, schieß ich noch mal«, zischte Paslak seinem Kollegen zu.

»Hallo … was war ein Unfall?«, wiederholte Jochen erneut und strich sich das Blut vom Fell, so gut es ging.

»Es tut mir leid, es tut mir so wahnsinnig leid«, versuchte Rudnitzki ihn zu beruhigen.

»Was?« Jetzt klang Jochen schon wieder etwas weniger freundlich, sondern nur noch interessiert.

»Der Schuss, er hat sich gelöst, einfach so …«

»Du hast abgedrückt, Kollege«, fügte Paslak unnötigerweise hinzu.

»Verdammt. Paslak, ich hab dir gesagt, halt die Fresse.«

»Von dir lass ich mir nichts sagen!«

»Dann halt eben einfach so die Fresse!«

»Jetzt ist aber gut, ja?!«

Paslaks Ruhepuls war da, wo er nicht hingehörte, irgendwo in der Vergangenheit. Ganz aktuell spürte er nur noch die Wut, die in ihm aufstieg. Und das war etwas bei Paslak, vor dem man sich in Acht nehmen musste. Ein wütender Paslak war wie eine zweibeinige Abrissbirne mit einem sehr ungesunden Überschuss an Testosteron. Er war jetzt unkontrollierbar und von allergrößter Zerstörungskraft. Es gab nur einen Menschen auf dieser Welt, der Paslak in diesem Zustand kontrollieren konnte. Gesine Paslak, seine Mutter, die seit drei Jahren in einem Seniorenstift in Templin lebte und sich an guten Tagen zu erinnern glaubte, die Königin der Uckermark zu sein. Auf seine Mutter hätte Paslak gehört, selbst in ihrem aktuellen Zustand. Da sie jetzt aber nicht in das Geschehen eingreifen konnte, weder als Königin noch als Mutter, war Paslak in diesem Moment nicht mehr zu halten.

Wer auch immer diesen Mann in das Sondereinsatzkommando berufen hatte, es war ein Fehler, und es war absehbar, dass dieser Fehler irgendwann öffentlich würde. Jetzt floss die Wut wie Benzin durch seine Adern und entflammte alles.

Paslak sprang auf und verstieß nun gegen eine weitere Dienstvorschrift, die eine eigenmächtige Entfernung von dem sicherheitsrelevanten Aufenthaltsort während eines operativen Einsatzes nur dann vorsah, wenn die Einsatzleitung dies per Funk oder persönlich anordnete.

Nur Bender hätte Paslak dazu auffordern dürfen, aufzustehen. Aber das konnte Bender nicht, denn der Einsatzleiter des SEK saß auf der Treppe im sechsten Stock des Hilton, nur noch wenige Schritte und Stufen vom Dach entfernt und weinte. Seine Nase lief, wie sie immer lief, wenn er weinte. Diesmal wischte er sich das hellflüssige Sekret mit dem dunkelgrünen Ärmel seines Einsatzanzuges ab. Zu Hause hätte er ein Haushaltstuch genommen, aber hier gab es keine Haushaltstücher, aber auch keine Frau, die es nicht gut gefunden hätte, wenn ihr Mann den Ärmel seiner Dienstkleidung für so etwas benutzte. Hier durfte er mit allem über die tropfende Nase wischen, was ihm zur Verfügung stand. Für Bender war dies nur ein schwacher Trost, denn in diesem Moment wusste er, dass seine Tätigkeit als Einsatzleiter dieses SEK für immer beendet war. Benders Karriere bei der Polizei war jetzt schon Geschichte, doch das war nicht der Grund für die unglaubliche Traurigkeit, die sich seiner nun bemächtigte.

Das andalusische Zimmermädchen, das gerade die Treppe mit der zentnerschweren Last von weißen, frisch gestärkten Bettlaken hinaufstieg und den weinenden Beamten sah, konnte nicht wissen, warum er da saß und nun schon wieder seinen Ärmel an die Nase führte. Aber dieser Mann tat ihr sofort leid und rührte etwas in ihr, was ihr einen warmen Schauer über den Rücken gleiten ließ, und die kleinen, schwarzen, flaumartigen Haare in ihrem Nacken stellten sich auf wie damals, als sie in ihrem kleinen Heimatdorf Coraszisco in Andalusien zum ersten Mal in ihrem Leben Julio, den Nachbarsjungen, beim Baden im kristallklaren El Junto sah.

Sie legte die Hilton-Bettlaken auf den noch nicht gesaugten, roten Teppichboden, der die Stufen in diesem Stock überspannte, dann setzte sie sich neben ihn, strich durch sein Haar und führte anschließend behutsam und mit nur leichtem Druck seinen Kopf an ihre Brust wie eine Mutter ihr Kind …

Bender schluchzte auf und schwieg. Er fühlte sich in längst vergangene Zeiten zurückversetzt. Er erinnerte sich plötzlich an seine Mutter, die immer für ihn da war, die seine Wunden versorgte, wenn er als Kind verletzt nach Hause kam. Er erinnerte sich an seinen Vater, der ihn rächte, wenn ihm Unrecht geschehen war, auch dann, wenn sich das Unrecht am Ende als gar nicht so unrecht herausstellte. Es war die Zeit, wo die Welt dem Einsatzleiter noch nichts anhaben konnte, weil es für jede Notsituation einen Rettungsplan gab, ein Sicherheitsnetz, den Plan B, eine Mutter und einen Vater. Jetzt hatte Bender nur noch einen Dienstherrn, und der konnte ihm nicht helfen. Doch diese Frau, die nun neben ihm auf den Stufen saß und noch immer durch sein Haar strich, kam ihm vor wie ein rettender Engel mit tiefschwarzem Haar und einer wirklich außergewöhnlichen Oberweite.

Conchita-Maria-Dolores Estapance konnte nur wenige Brocken Deutsch, aber das machte nichts.

»Nix schlimm, gut alles!«, sagte sie mit tröstender Absicht.

Bender schaute sie von unten an und schüttelte den Kopf, so gut es ging, denn er ruhte noch immer an der gewaltigen Brust dieser Frau, und Bender wollte diesen sicherheitsrelevanten Aufenthaltsort um keinen Preis verlassen, wer hätte ihm auch diesen Befehl erteilen sollen.

Das Vibrieren seines Diensthandys nahm er zu diesem Zeitpunkt schon kaum noch wahr. Frau Estapance hingegen schon.

»Handy, da!«

Sie deutete auf seine rechte Cargohosentasche, die eng an ihr Bein gepresst war.

Bender nickt kurz, kramte das Diensthandy hervor und schaute kurz auf das Display – 117 Anrufe in Abwesenheit. Es interessierte ihn nicht mehr, wer angerufen hatte, wann und warum. Ihn interessierte nun nichts mehr als die Anwesenheit dieser Frau aus Andalusien. Bender schaltete das Handy endgültig aus und fand so endlich seinen Frieden.

»Besser«, sagte er.

»Si!«, bestätigte Frau Estapance. Dann gab sie ihm einen Kuss, weil es sich richtig anfühlte und gut. Bender knöpfte sich die Knöpfe seiner Einsatzjacke auf, und Frau Estapance begann an ihrem Hilton-Kittel zu nesteln, an dem ein Knopf fehlte, was ihr erst in diesem besonderen Moment auffiel, aber für den weiteren Verlauf dieser besonderen Situation keinerlei Rolle spielte.

Kapitel 7

Pauls Zimmer sah aus, als hätte vor wenigen Wochen noch seine Oma darin gewohnt. Tatsächlich hatte seine Oma dieses Zimmer bereits vor vier Jahren verlassen, traurigerweise nicht nur dieses Zimmer, sondern den ganzen Planeten. Schon wenige Tage nach ihrer Beerdigung war Paul innerhalb seines Elternhauses umgezogen. Aus seinem alten Jugendzimmer im ersten Stock, direkt hinein in achtzehn Quadratmeter Seniorenplüsch mit Kunstholzanrichte und diversen Erinnerungsfotos an den Krieg, den Mann und den Harz, mit Palisanderholztischchen und Tagesseppdecke, einem Relax-Ledersessel, den die Oma nie benutzt hatte, aus Angst, sich dank der teuflischen Fernbedienung komplett und für immer einzuklemmen. Das alles altersgerecht und selbstredend auf Parterre. Paul hatte ganz bewusst darauf verzichtet, irgendetwas in diesem Zimmer zu verändern, nicht etwa, weil er es nicht übers Herz brachte, die Erinnerungen an seine geliebte Oma zu zerstören, er hatte sich einfach nur entschlossen, sein Leben ohne jede Trendzuordnung verbringen zu wollen. Pauls Theorie war durchaus reflektiert und hätte genauso gut von einem Hasen aufgestellt werden können. Das strikte Einhalten von Trends lenkt immer nur vom Wesentlichen ab, das war Pauls feste Überzeugung. Dabei war ihm genau wie uns Hasen egal, was das Wesentliche nun konkret ist. Darüber kann man sich eine Meinung bilden, wenn man sich nur auf das Wesentliche konzentriert. Genau dort beginnen im Zweifelsfall die Unterschiede zwischen Pauls Welt und dem Hasenuniversum. Für uns ist das Wesentliche fast immer etwas anderes als für euch.

So wenig sich Paul also durch die Auswahl von trendiger Kleidung ablenken ließ, so wenig wollte er sich auch durch völlig sinnlose Anstrengungen bei der Inneneinrichtung eines Zimmers ablenken lassen.

»Und was machst du, wenn das hier mal Trend wird?«, wollte ich von ihm wissen.

»Aussitzen, abwarten, entspannt bleiben«, antwortete Paul.

»Das ist ziemlich passiv, oder?«

»Aussitzen kann sehr aktiv sein.«

»Da ist ein dialektischer Ansatz.«

»Stimmt, mich wundert, dass du weißt, was ein dialektischer Ansatz ist.«

»Ich könnte auch einen hermeneutischen Ansatz ins Feld führen«, fügte ich mit einem Hauch von intellektueller Arroganz hinzu.

»Interessant.«

»Leute, vielleicht sollten wir jetzt mal zum eigentlichen Thema kommen«, regte Nils an, den unser Gespräch nicht nur nicht interessierte, sondern dazu auch sichtlich nervös machte. Bis vor wenigen Stunden bestand Nils' Leben aus reinem Nichtstun, und davor waren Themen wie Dialektik und Hermeneutik auch nicht unbedingt das, womit er sich freiwillig beschäftigt hatte. Ich hatte mein Wissen darüber ausschließlich aus der Literatur seiner Eltern bezogen, die er wiederum prinzipiell ablehnte, eben weil es die Literatur seiner Eltern war.

»Ich mein, nur wenn ihr Lust habt«, fügte er vorsichtshalber hinzu. »Ich mein, wir haben ja keine Zeit zu verschenken.«

»Wie meinst du das?«, fragte ich.

»Ja, ich meine …«

»Ja?«

»Weil du doch …«

»Was?«

»Weil ihr Hasen doch, ihr …«

»Wir haben nicht ewig Zeit. Ist es das, was du mir sagen willst?«

Nils nickte, und so wie er nickte, wusste ich, dass es ihm nicht nur darum ging, sein Allgemeinwissen über die durchschnittliche Lebenserwartung von Hasen zu kommunizieren, ihm ging es auch und vor allem um die Sache. Um unsere Sache.

Nils hatte recht, wir hatten nicht genug Zeit, um uns über Trends und solche Dinge zu unterhalten, weder dialektisch noch hermeneutisch. Trends sind ein Menschenthema. Unnötig, zeitraubend, purer Luxus, Verschwendung von Energie. Wir Hasen kennen keine Trends, und wenn, dann nur einen: unseren. Diesem über jeden Zweifel erhabenen Universaltrend folgen wir, seit es uns gibt. Damit sind wir immer gut gefahren, und es gibt keinen Grund, daran etwas zu ändern.

Paul hatte eine kleine Digi-Cam auf einem Stativ aufgebaut und diese mit einem USB-Kabel mit seinem Mac verbunden. Abgesehen von den historischen Einrichtungsspuren seiner Oma, hatte ihr Enkel das Zimmer in etwas verwandelt, was für einen einfachen Hasen wie mich dem normalen Standard eines richtigen Fernsehstudios gerecht wurde. Da ich zum damaligen Zeitpunkt keine Ahnung davon hatte, wie professionelle Studios wirklich aussehen, hatte diese liebevolle Illusion eines Studios demzufolge bei mir ein leichtes Spiel.

Aufgrund meiner Körperbehaarung durfte Paul bei mir von einer Maske absehen. Hasen schwitzen kaum, was das Abpudern nicht zwingend erforderlich macht.

Der Spot einer Halogenlampe war auf mich gerichtet. Auf dem Monitor konnte ich mich zum ersten Mal so sehen, wie es die spiegelnden Glasflächen am Gewächshaus im Garten von Nils nicht zu leisten vermochten. Ich war perfekt ausgeleuchtet, und wenn ich nicht direkt in das Objektiv der Kamera schaute, fiel auch die Fehlstellung meiner Augen nicht weiter auf. Eigentlich hätte es nun sofort losgehen können, die Frage war nur, womit und wie? Paul hatte die technischen Voraussetzungen geschaffen, der Rest hätte von den anderen kommen müssen. Ich fühlte mich wie ein Schauspieler hinter dem großen Vorhang, den jemand vergessen hatte hochzuziehen, damit das Stück beginnen konnte. Obwohl ich keinerlei Ahnung hatte, welches Stück ich konkret zu spielen gedachte. Das grundsätzliche Thema war klar, aber für einen gelungenen Auftritt muss für jedes Thema auch der passende Inhalt her, die Verpackung, die dramatische Konstruktion, die Essenz der Aussage, und genau das war unsere Sollbruchstelle.

Ich schaute Nils an, der schaute Paul an, Paul schaute uns an. So ging das hin und her, aber der Vorhang blieb unten.

»Wollen wir nicht noch auf Marie und Alex warten?«, fragte ich in die Runde.

»Wir haben gesagt, Punkt zehn, jetzt ist es fünf nach

zehn«, sagte Nils, obwohl auch er noch nicht genau wusste, was wir hätten tun sollen, wenn die beiden pünktlich gewesen wären.

»Auf fünf Minuten kommt es jetzt auch nicht mehr an, ich habe so lange geschwiegen, da kann ich auch noch warten, bis die beiden da sind.«

»Frage.«

Pauls Wortschatz war nicht etwa besonders klein, er hielt sich nur nicht mit überflüssigen und opulenten Satzkonstruktionen auf, wenn sich seine Kommunikationsabsicht auch mit einem einzigen Wort ausdrücken ließ.

»Sag!«, imitierte ich ihn.

»Was?«

»Wie, was?«

»Was machen wir?«

Paul hatte das Problem mit einer einfachen Frage auf den Punkt gebracht.

»Ein Video, haben wir doch alles besprochen. Wir machen mit Jochen ein Video, posten es bei YouTube, und ab geht's«, sagte Nils.

»Sicher?«, fragte Paul emotionslos.

»Ja, sicher, sicher!«

»Frage.«

»Mann, Paul, was denn noch?«

»Inhalt!«

Ich hielt es für angebracht, mich einzumischen. Hasen spüren genau, wenn Spannungen auftauchen, und um an dieser Stelle eines mal gleich klarzustellen, wir spüren es nicht an unseren ausladenden Nasenhaaren, wir spüren es im Bauch. Die Nasenhaare sind unser Geheimnis, und ich werde es niemals aufdecken. Niemals.

»Paul hat recht. Wir sollten nicht einfach drauflosfilmen.«

»Das hat Paul doch gar nicht gesagt, Jochen.«

»Aber gemeint, stimmt's, Paul?!«

Paul nickte und während ich vom Relax-Ledersessel sprang und damit auch vom Bildschirm des Monitors verschwand, raufte sich Nils klammheimlich die Haare mit leichter Verzweiflung.

»Okay, wir warten, bis Alex und Marie da sind.«

Das war besser, als sich dem Problem kompletter Ahnungslosigkeit zu stellen. Wenn ich das mal anfügen darf: Es handelt sich hierbei um typisches Menschenverhalten. Sobald eine Situation eintritt, in der ihr euch nicht sicher seid, wie man damit umzugehen hat, macht ihr entweder einen Fehler oder aber wartet auf jemanden, der die Situation für euch meistert. Oftmals ist es dann aber auch nur so, dass das Warten und der Fehler sich perfekt ergänzen. Wenn wir Hasen so agieren würden, gäbe es uns schon längst nicht mehr. Wir wissen genau: In jeder Situation sind wir für alles alleine verantwortlich. Stell dir vor, ein Hase sieht sich einem Fuchs gegenüber und weiß nicht, was er tun soll, was würde wohl passieren, wenn der Hase sich überlegte, so lange zu warten, bis jemand käme und ihm sagte, was zu tun sei. Noch Fragen?

»Ich hab Hunger, ihr auch?«, fragte Nils in die Runde, in der Hoffnung, mit dieser Frage kein neues Fass an Problemen aufzumachen.

»Nein.«

Es ist eigentlich unnötig, hinzuzufügen, dass Paul sich

auch aus Essen nicht allzu viel machte. Essen und Trinken waren für ihn nur etwas lästig Notwendiges, das er zu umgehen versuchte, solange es sein Körper mitmachte. Was im Übrigen auch erklärte, warum Pauls Anzüge an ihm saßen, als wären sie entweder zehn Nummern zu groß oder eigentlich nur lose flatternde Fahnen an einer viel zu dünnen Fahnenstange.

»Habt ihr irgendwo Löwenzahn?«

»Nur Salat.«

»Wer Salat isst, kann auch Papier essen, da ist nichts drin, was der Körper braucht«, belehrte ich Paul.

»Wie, ihr esst doch alles, was grün ist, oder nicht?«, fragte mich Nils.

»Salat essen wir nur, um zu essen. Wenn wir Hunger haben, essen wir Löwenzahn, oder …«

»Kein Thema, ich hol dir Löwenzahn.«

Nils verschwand, um mir Löwenzahn zu besorgen, wahrscheinlich auch aus Angst vor einem ökotrophologischen Referat meinerseits.

»Ja«, sagte Paul.

»Was meinst du?«

»Salat. Nichts drin.«

»Ja, stimmt, nichts drin.«

Pauls Hauptaugenmerk richtete sich dann wieder voll und ganz auf die technische Herausforderung unseres strategischen Treffens. Den kreativen Inhalt überließ er zunächst uns. Dem Löwenzahnbeschaffer und seinen beiden anderen Freunden.

Während Paul das Netz nach Neuigkeiten, relevanten Foren und Hash-Tags durchforstete, um seinen Part unserer Mission optimal vorzubereiten, nutzte ich die Zeit für ein kleines Schläfchen. Keine fünf Minuten später wurde ich wieder geweckt.

»Willst du ihn so, oder soll ich schnell noch irgendwie ein Dressing oder so was organisieren?«, fragte Nils und streckte mir den Löwenzahn entgegen.

»Alter, willst du ihn vergiften? Was is', wenn da irgend so eine Töle draufgepisst hat?«

Erst jetzt schien Alex mich zu registrieren.

»Hey. Hallo, Jochen, alles fit?«

»Hasen sind immer fit. Wenn wir nicht fit sind, sind wir tot.«

»Cool.«

»Ansichtssache.«

Dann haute Alex mir noch jovial auf meine kleine Schulter. Eine Begrüßungsgeste, auf die ich gerne verzichtet hätte. Fahrradkuriere haben nicht nur stramme Waden. Sie bestehen überall aus Muskelmasse, sie sind die personifizierte Stärke und im Umgang mit sensiblen Hasenrücken eher unerfahren.

»Ja, ja, alles fit«, antwortet ich leise, ohne mir den Schmerz anmerken zu lassen, weil ich die freundliche Absicht seiner Geste erkannt hatte.

»Ich wasch ihn ab«, sagte Nils kleinlaut.

»Nicht nötig, ich esse, seit ich denken kann, ungewaschenen Löwenzahn.«

»Hallo, Jochen.«

Erst jetzt sah ich Marie, und einen Moment lang dachte ich, dass sie ihr buntes Sommerkleid mit den niedlichen Wiesenblümchen nur für mich angezogen hatte. Aber ein Wechselblick zwischen ihr und Nils machte mir schnell klar, für wen sie sich so herausgeputzt hatte.

»Hallo, Marie«, begrüßte ich sie.

Sie lächelte mir freundlich zu, und noch wesentlich freundlicher lächelte sie Nils zu, der wieder einmal nichts davon mitbekam, und wenn, es garantiert nicht in ihrem Sinne zu deuten wusste. Selbst einem in solchen Dingen eher unerfahrenen Hasen wie mir fiel auf, welche Absicht, welche Begierde und bislang unerfüllte Sehnsucht in ihrem Blick lag. Doch für Nils lag alles, was interessant, begehrenswert und attraktiv war, in der Zukunft und hatte ausschließlich mit mir zu tun. Neben mir gab es nur ein Wesen, das er sich in seinen Träumen von Zukunft und dergleichen vielleicht noch ein bisschen besser vorstellen konnte als mich und uns gemeinsam. Dieses Wesen hieß Jenny, studierte weiterhin brav auf Kosten ihrer Eltern in Tübingen und war so unerreichbar wie der Mond für eine Amöbe aus Castrop-Rauxel. Was wirklich nichts mit Tübingen zu tun hat, das ich damals nur vom Hörensagen kannte und trotzdem keinesfalls für unerreichbar hielt.

»Okay, womit fangen wir an?«, fragte Nils in die Runde.

»Ich denk, wir machen einen YouTube-Beitrag mit Jochen, was sonst«, sagte Alex voller Unverständnis und deutete dabei demonstrativ auf das improvisierte Fernsehstudio.

»Vielleicht sollten wir uns vorher ein paar Gedanken darüber machen, was Jochen sagen soll«, schlug Marie vor und suchte nach einem anerkennenden Blick von Nils und mir.

»Willst du jetzt noch eben schnell 'n Drehbuch schreiben, oder so?«, fragte Alex rein rhetorisch.

»Muss ja nicht gleich ein Drehbuch sein, aber so eine reine Improvisation, ich weiß nicht, so was kann schnell peinlich werden«, befürchtete Marie.

»Ein sprechender Hase? Mann, der könnte die S-Bahn-Pläne von Berlin vorlesen, es wär trotzdem der Hammer.«

Komischerweise fragte mich niemand, ob ich die S-Bahn-Pläne von Berlin vorlesen wollte, oder sonst irgendeinen Blödsinn. Ich bin zwar klein, aber das war nicht der einzige Grund, warum mich alle zu übersehen schienen. Einen Moment lang war ich noch bereit, dieser Diskussion zu folgen.

»Alex, cool mal runter. Er ist doch kein Freak.«

»Er ist ein Hase.«

»Aber das ist doch nicht der einzige Grund, warum wir ihn ins Netz stellen wollen.«

»Warum denn noch?«, fragte Alex.

»Weil …«

Nils begann mit den Augen zu zucken, so wie er früher zuckte, wenn er auf der Suche nach diesen komischen Zigaretten war.

»Also, irgendwie finde ich jetzt hier die Stimmung ganz komisch«, analysierte Marie ziemlich treffend, bemühte sich aber, die Kritik eindeutig auf Alex zu projizieren.

»Vorschlag!«

»Was, Paul?«

»Wir fragen Jochen!«

»Genau, Jochen. Wir fragen dich!«

Alle schauten mich an.

Nils hatte zu seiner alten Sicherheit zurückgefunden. Das Zucken der Augen verschwand, und nach einem Blick zu Alex, der zunächst seufzend, dann zustimmend nickte, war allen klar, dass Paul recht hat. Wenn der Hauptdarsteller eines Stückes auf der Bühne steht, muss man ihn zum Inhalt des Stückes befragen, nicht den Beleuchter oder die

Frau an der Theaterkasse. Es sei denn, das Stück hat bereits begonnen.

»Jochen, was meinst du?«

»Schön, dass mich mal einer fragt.«

»Sorry.«

»Schon gut. Ich bin das gewohnt, wer fragt schon Hasen? Egal, Schwamm drüber. Der Grund, warum wir das hier veranstalten, ist denkbar einfach: Ich will die Welt retten, mehr nicht!«

»Er will die Welt retten, wo ist das Problem?«, wiederholte Alex meine Absicht.

»Alter! Die Welt retten, wenn das so einfach wäre. Weißt du, wie viele Leute damit schon auf die Fresse geflogen sind? Wenn es so einfach wäre, die Welt zu retten, dann wäre die Welt ja wohl schon längst gerettet, oder?«

Alex schien nicht glauben zu wollen, was Nils ihn gerade gefragt hatte. Für ihn war die Sache klar, in jeder Konsequenz, und dass Nils jetzt auf einmal anfing, kleinlich zu denken, machte ihn offensichtlich wütend. Seine Körperspannung war nun nicht mehr die natürliche eines Fahrradkuriers, er wirkte wie ein Panther, bereit zum Sprung.

»Wie viele sprechende Hasen habt ihr schon gesehen, die die Welt retten wollen? Ich kann mich an keinen erinnern! Wir sind ja hier nicht beim Film. Jochen ist echt, und ich finde, wenn er sagt, er kann es, dann sollten wir es ihm verdammt noch mal auch glauben.«

Alex hielt die Spannung.

»Mann, Alex, es geht doch nicht darum, ob wir ihm glauben oder nicht, es geht ausschließlich darum, uns zu überlegen, wie wir da vorgehen.«

»Sag das doch gleich, Nils!«

»Hab ich.«

»Wann?«

»O Mann … so kommen wir nicht weiter«, fügte Marie hinzu. Die Stimme der Vernunft.

»Zeit.«

»Was, Paul?«

»Wird gleich dunkel.«

»Stimmt, Paul.«

Vielleicht ist es das Schicksal von großen Missionen, dass der erste Schritt immer der schwerste ist. Und vielleicht sind viele Missionen, von denen ich nichts wusste, schon gescheitert, bevor jemand den ersten Schritt getan hatte. Und vielleicht war diese Videobotschaft der falsche Weg zum ersten Schritt. Ich traute mich, dies in die Runde zu fragen, denn vielleicht war die Selbstverständlichkeit, mit der wir nur diese Möglichkeit zur ausschließlichen Bekanntmachung meiner Absicht ins Auge gefasst hatten, der falsche Weg.

»Es war nicht meine Idee, meine Absicht in eine Kamera zu sprechen, damit ihr das bei einem Videoportal hochladet. Vielleicht sollten wir in eine andere Richtung denken?«

Diesmal war es Alex, der deeskalierend sein wollte, obwohl es keinen Grund gab, eine Eskalation meinerseits zu befürchten. Ich war so entspannt, wie es nur Hasen sein können.

»Jochen, alles easy. Das ist schon richtig so, wenn du heutzutage noch irgendetwas reißen willst, dann nur über diesen Weg. Wir könnten natürlich auch mit dir eine Tour durch die Gemeinde machen, die Big Cities und so, Flyers, Movements, den ganzen Krempel … aber ganz im Ernst, ich glaub nicht, dass es besonders effektiv wäre. Mal abgesehen davon, dass das ein Schweinegeld kosten würde, dich auf die traditionelle Weise zu promoten.«

»Jesus hatte auch kein Geld.«

»Der hatte aber auch kein Internet. Wenn Jesus heute unterwegs wäre, hätte der auch keine Jünger, sondern nur Follower!«

Nils verschränkte die Arme vor der Brust, als wäre die Sache mit Jesus und seinen Followern der letzte und ultimativ fehlende Hinweis darauf, wie recht er hatte.

»Nils hat recht, heute gäbe es bei ihm auch keine Gebete mehr, sondern nur noch Likes!«

Und wieder einmal hatte ausgerechnet Jesus zwei Menschen vereint, gelernt ist gelernt.

»Frage.«

»Schieß los, Paul.«

»Zielgruppe.«

»Wie?«

»Ich glaube, Paul fragt, an wen sich unsere erste Videobotschaft wenden soll«, interpretierte ich ihn.

»Ey, Leute? Welt? Wer ist denn das? Alle, oder?«

Nils hob die Arme wie ein Dirigent kurz vor dem großen Crescendo, um den drohenden Diskurs, der schon im Raum stand und nur noch auf seine Entfesselung wartete, mit dieser choreografischen Geste in den Griff zu bekommen.

»Paul hat recht, ich kann mich nicht einfach hier hinsetzen und irgendwas in die Kamera sagen. Wenn ich etwas sage, dann muss es pointiert sein, und wahrscheinlich müssen wir uns wirklich zunächst Gedanken darüber machen, wen ich mit meiner pointierten Anfrage erreichen soll.«

»Will!«

»Danke, Paul, stimmt. Also, wen ich erreichen WILL!«

»Was ist denn so schwer daran. Wer guckt sich denn diesen ganzen Mist bei YouTube an?«

»Du!«, sagte Marie und schaute Alex tief in die Augen.

»Willst du mich dissen, oder wie?«

»Alex, lass sie in Ruhe, okay?«

Marie begann zu strahlen, zum ersten Mal hatte Nils sie vor allen verteidigt. Das war der Beginn einer großen Liebe, da war sie sich ganz sicher. Mit dem Glanz ihrer Augen hätten wir das Zimmer von Pauls Oma komplett ausleuchten können, wenn diesen Job nicht bereits die Halogenlampe übernommen hätte.

Eine halbe Minute lang sagte niemand etwas, vielleicht um den Zauber des Moments nicht zu zerstören, vielleicht auch nur, weil niemand wusste, was jetzt zu sagen war. Schließlich war es Alex, der zu wissen glaubte, wie das Gespräch fortzuführen sei, und so übernahm er wieder das Kommando.

»Okay, dann zum Mitschreiben, wir wenden uns zunächst an Modern Performers, Punks, Hipster, Autonome Freaks, Liberale, Trinker, Kiffer und Skater.«

»Modern Performers find ich gut, du auch Nils?«, fragte Marie.

»Klingt gut, was sagst du, Jochen?«

»Modern Performers sagt mir nichts.«

»Modern Performers, das sind …«, begann Alex zu erklären.

»Ich hab Hunger!«

»Er hat Hunger!«, echote Alex, sichtlich erleichtert mir die Modern Performers nun nicht mehr erklären zu müssen.

»Noch Löwenzahn?«, fragte Nils.

»Gerne.«

»Frage.«

»Was ist, Paul?«

»Soll ich die Lampe ausmachen?«

Nils nickte. Vor der Lampe hatte sich bereits eine kleine Staubwolke gebildet, deren unzählige Atome vor dem grellen Licht zu tanzen schienen, um sich für die große Explosion zu sammeln.

Paul machte die Lampe aus und fuhr auch den Rechner runter. Das Fernsehstudio machte eine Pause, ohne auch nur eine einzige Sekunde meiner frohen Botschaft für die Welt der Modern Performers, Punks, Hipster, Autonomen, Freaks, Liberalen, Trinker, Kiffer und Skater aufgenommen zu haben.

Wer auch immer sich zu den modernen Performern und sonstigen Mitgliedern meiner ersten Zielgruppe zählte, musste warten, bis Marie und Nils mit dem Löwenzahn zurückkehrten.

Zum ersten Mal seit meiner Öffnung zu euch Menschen beschlich mich das Gefühl, irgendetwas nicht richtig gemacht zu haben. Die frohe Botschaft zu verkünden, erschien mir ein leichtes Unterfangen zu sein, doch die Komplikationen und Probleme, die bereits die Auswahl der Zielgruppe und den einfachsten Start meiner Mission betrafen, waren weitaus größer, als ich erwartet hatte.

Natürlich hatte ich keinen Hunger, was selten vorkam, aber die Suche nach Löwenzahn verschaffte mir Zeit zum Nachdenken, die ich dringend brauchte. Denn auch wenn es in Sachen Spontaneität kaum jemanden gibt, der sich ebenjener besser und schneller hingeben kann, als wir Hasen, am Ende kommen meistens noch die Menschen ins Spiel und damit die Probleme.

»Scheiße«, sagte Paul.

»Du sagst es«, flüsterte ich. »Du sagst es!«

Pauls nüchterne Betrachtung zum Stand der Dinge war so treffend wie eindeutig. »Alle.«

»Wie meinst du das, Paul?«

»Wir machen es für alle.«

»Stimmt Paul, für alle.«

Dann schaltete Paul auch noch den Monitor aus, dessen nun ausbleibendes, monoton brummendes Kühlergeräusch uns jetzt auffiel, da alles um uns herum still wurde.

»Frage.«

»Später, Paul, okay?«, sagte ich.

»Kein Thema.«

Ich hatte keine Lust, mich zu unterhalten, weil ich meine Gedanken sortieren musste. War ich zu naiv an die Sache herangegangen? War ich vielleicht sogar zu arrogant, weil ich glaubte, dass ein kleiner Hase wie ich, der im Unterschied zu seinen Artgenossen schreiben und lesen und sogar eure Sprache sprechen konnte, aber ansonsten über keine weiteren, nennenswerten Talente verfügte, dass ich es mühelos schaffen würde, meine Mission zu erfüllen? War ich am Ende meiner eigenen Hybris aufgesessen, ein Opfer der Eitelkeit? Ich schämte mich fast für diese Gedanken und war regelrecht erleichtert, als Paul mich davon erlöste.

»Angst?«, fragte Paul trotzdem.

»Wovor?«

»Was kommt!«

»Weißt du, Hasen sind ziemlich ängstlich, das rettet uns.

Angst erhöht die Aufmerksamkeit, sie schärft die Sinne. Man hört besser, man sieht besser. Angst macht, dass die Muskeln sich anspannen …«

»Bekannt.«

»Entschuldige, aber ich habe es nur noch mal für mich aufgezählt, weil ich wissen wollte, ob ich gerade Angst hab… ehrlich gesagt, leider nicht. Wäre vielleicht besser, wenn ich ein bisschen Angst hätte, oder?«

»Vielleicht.«

»Egal, jetzt kann man eh nichts mehr machen. Die Sache läuft.«

»Ja. Läuft.«

DIE NACHT DES HASEN

Paslaks gewaltige Hände umklammerten den schlanken Hals seines Kollegen. Rudnitzkis Kopf schwoll dadurch immer mehr an. Sein Blut staute sich dort, während es an anderer Stelle bereits vermisst wurde. Die Pupillen hatten sich bereits von ihrer Reflexfähigkeit verabschiedet. Die Sauerstoffzufuhr war unterbrochen und längst im kritischen Bereich. Die ersten Nervenzellen gaben ihren Dienst auf und verabschiedeten sich schon kurz darauf in Richtung Ewigkeit. Sein Kreislauf stand nur noch knapp vor einem Kollaps, und der Herzmuskel pumpte jenseits aller Normparameter. Um es kurz zu machen: Rudnitzki ging es gar nicht gut. Er wusste, dass er nicht mehr viele Möglichkeiten hatte, seinen Kollegen davon abzuhalten, ihm die letzten noch verbleibenden Vitalfunktionen wegzudrücken. Wirre Gedanken schossen ihm durch den Kopf, Krisenmanagementcluster, Neurotransmitter auf der verzweifelten Suche nach einer Synapse, die jetzt genau die richtige Information übertrug, die ihn vielleicht doch noch retten könnte. Dann tauchte im Nebel gigantischer Informationsspeicher ein Name auf, den Rudnitzki nur einmal zuvor gehört hatte und der von ihm achtlos irgendwo im hintersten Bereich seiner Erinnerungen abgespeichert war. Ein Name, dessen Wichtigkeit er nicht erahnen konnte. Der Name war seine letzte Chance, ansonsten stand ihm die lange Reise auf dem schwarzen Pferd bevor, wahlweise die Überfahrt mit der traurigen Fähre oder ein Fußmarsch durch den langen Tunnel mit seinem berühmten Licht am Ende, wie und womit auch immer, der Name war das letzte mögliche Stoppschild vor dem allerletzten Atemzug.

»Gesine«, röchelte Rudnitzki.

Es war die richtige Information, das richtige Wort, der Rettungscode, das »Sesam, öffne dich«, der blaue Draht, der die Bombe davon abhielt, bombig zu sein. Paslak ließ los. Er starrte seinen Kollegen an, mit offenem Mund, als könne er nicht glauben, was er gerade gehört hatte.

»Was?«

Noch immer schlossen sich Paslaks Hände um Rudnitzkis Hals, wenn auch nun mit etwas weniger letalem Druck.

»Deine Mutter.«

»Was ist mit meiner Mutter?«

»Soll sie erfahren, dass du das hier …«

»Was?«

Rudnitzki rang nach Atem. Er wusste, dass er keine Zeit verschwenden durfte. Noch einmal würde es ihm nicht gelingen, diese Killermaschine zu stoppen. Und der Druck, den Paslaks Hände auf seinem Hals hinterließen, war immer noch beachtlich.

»Die gucken doch Fernsehen da.«

»Wo?«

»In Templin. Deine Mutter ist doch in Templin.«

»Ja.«

»Da unten stehen unzählige Kamerateams, die berichten live.«

»Und?«

»Wenn dieser Hase stirbt, wird sie glauben, dass du das warst.«

»Nee, du hast geschossen.«

»Und wer soll das bezeugen, wenn ich…«

»Was?«

»Wenn du mich… wenn du mich…«

»Was?«

Paslak lockerte den Druck seiner schraubstockartigen Hände.

»…umbringst«, röchelt Rudnitzki.

»Scheiße.«

»Ja! Scheiße!«

Paslak ließ endgültig von ihm ab. Er riss seine Hände zurück, als hätte er sie eben noch auf einem heißen Ceranfeld liegen gehabt.

Rudnitzki schnappte nach Luft. Fürs Erste fühlte er sich gerettet, aber dann fiel sein Blick auf Jochen, der unmittelbar neben ihm zu zucken begann.

»Jochen?«

Rudnitzki ging volles Risiko, um seinen Kollegen durfte er sich nun nicht mehr kümmern, er robbte zu dem Hasen, während Paslak an seine Mutter dachte, an die Fernsehteams und die Bilder, die jetzt in Templin auf dem neuen Fernsehgerät zu sehen waren, das er ihr zu ihrem letzten Geburtstag geschenkt hatte. Ein 42-Zoll-Bildschirm, Energieeffizienzklasse C, Full HD mit DVBT-Tuner für fast vierhundert Euro. Seine Mutter war ihm das wert.

Rudnitzki fühlte den Puls des Hasen.

»Alles gut, Jochen, alles gut, mach jetzt keinen Scheiß, halt durch, okay?«

Jochen nickte.

»Er lebt noch«, sagte Rudnitzki zu seinem Kollegen, der ausgerechnet jetzt darüber nachdachte, ob er bei seinem nächsten Besuch in Templin Ersatzbatterien für die Fernbedienung mitbringen sollte. Paslak hatte die Schränke voll mit Ersatzbatterien, für alle Geräte in seinem Haushalt, weil er fast nichts mehr hasste, als keine frische Batterien zu haben, wenn er sie brauchte. Das machte ihn wütend, und das wollte er vermeiden. Keine Batterien, das war der Ernstfall, der GAU.

Im Ü-Wagen eines öffentlich-rechtlichen Fernsehsenders bellte der CVD der aktuellen Fernsehübertragung zum tausendsten Mal in die Intercom-Anlage.

»Wo ist der verdammte Heli? Ich will Bilder vom Dach.«

Lehmann war seit mehr als dreißig Jahren beim Sender. Ein harter Hund, eiskalt, ohne jede Fähigkeit zur Empathie, eine Reporterlegende. Lehmann war da, wo es passierte. Egal wo, Irak, Iran, Afghanistan, Sudan, Syrien, Toskana, Brandenburg und jetzt eben Berlin. Man hatte ihn nicht lange bitten müssen, diesen Job hatte er verlangt. Er wusste, dass auf diesem Dach in Berlin heute Geschichte geschrieben würde, und er wollte diese Geschichte dokumentieren. Er wollte ein letztes Mal Legende sein, denn Lehmann wusste, dass dieses Teil in seiner Prostata das größte Krisengebiet seines Lebens war und dass er diese Krise nicht mit einer Reportage in den Griff bekommen würde. Er hatte zu lange gewartet, weil ihm die Krisen anderer wichtiger waren als seine eigene. Als sich diese Meinung änderte, war es zu spät. Die Schmerzen würde man ihm nehmen können, mehr nicht.

In ganz Berlin herrschte absolutes Flugverbot. Lehmann war es egal, er wollte diese Bilder, um jeden Preis. Er war es sich schuldig und der Öffentlichkeit, die ein Recht darauf hatte, zu erfahren, was da oben auf dem Dach des Hilton passierte.

»Verdammt, was ist das denn?«

Rudnitzki sah als Erster den Helikopter, der vom Dach des Unfallkrankenhauses aufstieg.

»Ein Rettungshubschrauber.«

»Nein, glaub ich nicht«, sagte Rudnitzki.

»Wieso nicht?«

»Woher sollen die wissen, dass einer verletzt ist?«

»Es gab einen Schuss, deinen Schuss, wenn ich dich daran erinnern darf, Rudnitzki.«

»Scheiße.«

»Wieso das denn? Vielleicht können sie deinen verdammten Hasenfreund retten.«

Rudnitzki hatte das ungute Gefühl, dass dieser Helikopter nicht das war, was Jochen jetzt brauchte, obwohl er nicht wissen konnte, dass an Bord des Hubschraubers kein Notarztteam war, sondern ein freies Kamerateam, das für ein unglaubliches Honorar bereit war, die Konsequenzen eines Flugverbotes zu tragen, nur um Lehmann die Bilder zu liefern, nach denen er gierte.

»Paslak, hör mir zu, wir können nicht zulassen, dass wir schuld an seinem Tod sind.«

Das Wummern des Helikopters schwoll an wie die thermische Symphonie eines Orchesters für Rotorblätter.

»Wir hätten ihn nicht erschießen dürfen.«

»Du, nicht wir!«

»Du hättest es verhindern müssen.«

»Was, ich?«, fragte Paslak. »Ich hätte viel eher schießen sollen.«

»Und wie willst du das da draußen erklären? Die Menschen lieben Jochen!«

»Ich nicht!«

»Und deine Mutter?«

»Keine Ahnung.«

»Eben.«

»Wie, eben?«

»Paslak, wenn sie ihn liebt, wird sie erfahren, dass ihr Sohn ihn auf dem Gewissen hat.«

Der Helikopter war nicht mehr weit, und an Bord begann die Kamera mit ihrer Arbeit. Sie zoomte auf das Geschehen. Noch war nicht genug zu sehen, um von eindeutigen Bildern zu sprechen.

»Du hast geschossen!«

»Paslak, denk mal eine Sekunde nach. Wir, wir waren das!«

»Scheiße.«

Paslak hatte nachgedacht. Er war zu keinem Ergebnis gekommen, aber irgendwas in ihm behauptete, dass Rudnitzki recht haben könnte.

»Und was jetzt?«

»Heb die Hände!«

»Was?«

»Scheiße, Paslak, heb die Hände!«

Rudnitzki richtete Jochen auf, so gut es ging, und drückte ihm sein Präzisionsgewehr in die Pfote, während Paslak die Hände hob, so wie es sein Kollege von ihm verlangte.

Endlich bekam Lehmann die Bilder, auf die er so lange gewartet hatte. Er wusste sofort, dass sich jeder Cent gelohnt hatte und dass der politische Ärger, den er damit riskierte, in keinem Verhältnis zu dem stand, war er hier nun liefern konnte. Die Bilder waren eindeutig, und sie erklärten, warum es keine Kommunikation mehr zum Einsatztrupp des SEK gab. Jochen hatte zwei Beamte als Geiseln genommen. Dem einen hatte er den Lauf eines Gewehres an die Schläfe gedrückt, und der andere hob die Arme, wahrscheinlich panisch vor Angst, sofern man dies durch den kleinen Ausschnitt der Sturmhaube beurteilen konnte.

Der Helikopter stand nun direkt über Jochen und den beiden SEK-Beamten.

»Ich hab's geahnt. Das sind nur Fernsehschweine.«

Ein Suchscheinwerfer tauchte die Situation auf dem Dach in einen gleißenden Lichtkegel.

»Danke«, sagte Paslak, und er meinte es aufrichtig.

»Wofür?«

»Das mit meiner Mutter und dass sie jetzt nichts sieht, was sie beunruhigt.«

»Sie sieht eine Geiselnahme«, erlaubte sich Rudnitzki vorsichtig hinzuzufügen.

»Ja, aber nicht den Mörder von diesem Hasen.«

»Stimmt, Paslak.«

»Ist er tot?«

»Nein.«

»Schafft er es?«

»Keine Ahnung.«

Lehmann war zufrieden. Er hatte schon vieles gesehen: Autobomben, Tsunamis, gewaltige Schneelawinen, die Staus zu Ferienbeginn, Terroristen sämtlicher Hautfarben und Religionen, aber einen bewaffneten Hasen, das war das Größte, das Bernsteinzimmer für Journalisten, der heilige Gral der Berichterstattung, der gerechte Lohn am Ende einer einzigartigen Reporterkarriere.

»Könnt ihr noch näher ran, ich leg noch was drauf! Und kriegt ihr 'n Ton, wenigstens Atmo?«

Der Lärm, den die Rotorblätter des Helikopters veranstalteten, war ohrenbetäubend. Paslak hatte Mühe, dagegen anzubrüllen.

»Bist du dir sicher, dass das funktioniert?«

»Keine Ahnung, Paslak, keine Ahnung.«

»Löwenzahn«, rief Jochen.

»Er spricht.«

»Was, ich versteh kein Wort«, brüllte Paslak gegen den Helikopter an.

»Jochen! Er spricht.«

»Löwenzahn, bitte«, flüsterte der Hase mit letzter Kraft.

»Ich verspreche dir, wenn wir das hier überstehen, kriegst du den besten, leckersten und frischesten Löwenzahn auf der ganzen, verdammten Welt und wenn es Letzte ist, was ich für dich machen kann.«

Als der Helikopter versuchte, noch näher an Jochen und die beiden Beamten zu kommen, fiel ein weiterer Schuss.

Rudnitzki und Paslak konnten zunächst nicht erkennen, woher der Schuss gekommen war, dann aber sahen sie Bender und hinter ihm eine Frau mit einem Kittel, an dem ein Knopf fehlte.

Kapitel 8

Jeder Mensch behauptet von sich, mindestens einmal im Leben einen magischen Moment erlebt zu haben oder, falls nicht, wenigstens davon zu träumen. Wenn man euch Menschen danach befragt, was das für magische Momente sind, bekommt man meistens die gleiche Antwort. Die Geburt eines Kindes, die erste große Liebe, ein Sieg, eine sportliche Leistung, irgendwas Sexuelles, so was in dieser Richtung. Hasen kennen für gewöhnlich keine magischen Momente, was nicht nur daran liegt, dass wir ständig Geburten beobachten können und uns die Liebe schneller befällt, als du Zeit benötigst, um »Hopps« zu sagen. Nein, es ist einfach nur so, dass wir Hasen unser ganzes Leben als einen magischen Moment begreifen. Dadurch verzichten wir zwar auf die Exklusivität des Augenblicks, leiden dadurch aber nicht darunter, wenn das Leben links und rechts der magischen Momente meistens ziemlich normal ist. Aber als ich mich zum ersten Mal selbst in diesem Videoportal sah, wusste ich endlich, was ein magischer Moment sein kann.

Paul, Alex, Nils, Marie und ich saßen auf dem Boden vor dem Monitor. Ich spürte die Hand Maries auf meinem Rücken, und ich spürte, dass ihre Handfläche feucht war, vielleicht weil sie ergriffen war, ganz sicher aber, weil sich Nervosität und Aufregung ihres Körpers bemächtigt hatten. Was offensichtlich auch für die anderen galt. Nils schluckte häufiger als nötig. Alex zwinkerte mit den Augen, als hätte er einen Tick, und Paul knibbelte so sehr an seinen Fingern, dass ich befürchtete, bald freigelegte Knochen zu sehen. Ich hingegen versuchte mir nichts anmerken zu lassen, was mir gründlich misslang. Meine Ohren verhielten sich wie Propeller und drehten sich völlig losgelöst von jeder Funktion, die ich hätte steuern können, in sämtliche Richtungen.

»Hochladung.«

Paul drückte die Enter-Taste, und wir klatschen begeistert Beifall, als hätte er soeben die erste Autobahnbrücke eingeweiht, die Europa mit Amerika verbindet.

Meine erste Ansprache war also im Netz. Von jetzt an hatten die Straße, die Stadt, der Kontinent und die Welt, die Möglichkeit zu sehen und zu hören, was ein einfacher Hase mit besonderer Begabung zu sagen hatte.

»Ich muss weinen«, sagte Marie.

»Mach ruhig«, forderte Nils sie auf, ohne weiter tröstend einzugreifen, weil er viel zu sehr damit beschäftigt war, den Monitor zu fixieren, statt die Hand von Marie zu ergreifen oder ihr wenigstens sanft über den Kopf zu streicheln.

»Leute, wir schreiben Geschichte«, konstatierte Alex.

»Jochen«, präzisierte Paul.

»Korinthenkacker.«

»Wir schreiben Geschichte. Wir! Ohne euch wäre ich da jetzt nicht drin!«

»Er hat recht«, sagte Alex.

»Er ist höflich«, sagte Marie.

Was auch immer, voller Stolz zeigte ich zum Monitor, in dem ein digitalisierter Klon von mir in milliardenfacher Ausfertigung und Nanosekundenschnelle über die Datenautobahnen raste.

Niemand von uns konnte vorhersehen, was nun geschehen würde. Gut, wir hatten eine ungefähre Vorstellung, ein virtuelles Regal voller Optionen und Möglichkeiten, aber wir hatten keine Ahnung, was die vervielfachte Botschaft dort draußen anrichten würde. Ganz kurz beschlich mich das Gefühl, vielleicht doch etwas falsch gemacht zu haben. Hätte ich einen anderen Weg wählen sollen, mühsamer, zeitaufwendiger und vor allem mit anderen Helfern? Aber erstens hatte ich ja keine Zeit zu verschenken, und zweitens gab es nicht den geringsten Anhaltspunkt, an meinen neuen Freunden zu zweifeln. Zumindest wollte ich in diesem kurzen Augenblick des Zweifelns keinen sehen.

Paul hatte das Videomaterial ein wenig bearbeitet. Zunächst sah man nur eine Pfote, die linke. Meine Lieblingspfote, ich bin Linkspföter, was aber nur bei Nahrungsaufnahme eine Rolle spielt. Dann kam die rechte ins Spiel. Die beiden Pfoten bewegten sich nicht, nur wenn man genau hinschaute, konnte man sehen, dass ein paar Härchen darauf ganz leicht vibrierten. Aber, wer achtet schon auf Härchen, wenn man nicht weiß, was die Pfoten da im Film überhaupt sollen. Um die Möglichkeit auszuschließen, dass jemand beim Anblick der Pfoten bereits wegklickte, weil er eines dieser dämlichen Haustiervideos vermutete, hatte Paul die Sequenz dramatisch aufgeladen, um den Wegklickimpuls zu verhindern. Er hatte eine Musik darübergelegt, die so klang, als käme gleich der Weiße Hai. Suggestiv, eindringlich, bedrohlich. Obwohl ich natürlich wusste, was folgte, hatte mich die Musik so in den Bann gezogen, dass ich für einen Moment vergaß, dass es meine Pfoten waren, die ich dort sah. Ich bekam mit einem Mal tatsächlich Angst davor, dass nun gleich etwas mit den Pfoten passieren würde, was ich keiner Pfote dieser Welt wünsche. Eine Mähdrescherattacke, ein Axteinsatz, ein Fuchsbiss, so was. Statt des Mähdreschers, der Axt, des Fuchses und des Haies kam ich. Was mich so erleichterte, dass meine Ohren für ein paar Sekunden lang stillstanden. Die Kamera zog auf, und endlich konnte man sehen, wem die beiden Pfoten gehörten. Mir, wem sonst. Die Musik brach nun abrupt ab. Jetzt konnte man die Stille hören, wenn du weißt, was ich meine. Es war so still, dass man die Stille in der Stille ganz laut hören konnte. Wir Hasen können das, ich hoffe, du auch.

Die Kamera verdichtete sich auf mich. Mein Gesicht füllte den Bildschirm aus. Nur wenn man ganz genau hinschaute, konnte man erkennen, dass es kein Standbild war, das mich da zeigte. Meine Nase war ganz ruhig. Man hätte glauben können, dass ich nicht atmete, als ich von Paul aufgenommen wurde. Was nicht stimmte. Die Nase eines Hasen wackelt nicht, weil wir atmen, sondern nur um unsere Stimmung zu signalisieren. Wenn wir Angst haben oder aufgeregt sind, oder sexuell aktiv, oder eben alles zusammen, dann wackelt unsere Nase besonders heftig. Sind wir aber entspannt, dann bewegt sich unsere Nase fast gar nicht. Ich war entspannt, weiß der Teufel warum, ich war entspannt wie ein Baby im Tiefschlaf und mindestens so süß, wenn ich das noch hinzufügen darf.

Maries Hand war nass. Nils schluckte nun im Takt eines Kolibriflügelschlages, und Alex' Augenzwinkern war auf Stroboskopniveau, während sich Paul noch intensiver knibbelnd durch seine Finger fräste.

Auf dem Bildschirm schaute uns ein Hase an, dessen Blickrichtung selbst ich ein wenig irritierend fand, obwohl es meine Blickrichtung war, und das in jeder Hinsicht. Nie zuvor war ich mir meines Silberblickes so bewusst gewesen, und ich war unschlüssig in meiner Bewertung dieser Einzigartigkeit eines ganz und gar besonderen Hasenblickes. Ich schwankte zwischen faszinierend und schockierend, einigte mich aber schnell darauf, dass es nicht schlimm war, weil es nicht wichtig war, wie ich mich fand oder bewertete, sondern nur, wie ich auf andere wirkte. Ein kurzer Blick zu den anderen zeigte mir deutlich, dass es in Sachen Wirkung keinen Zweifel gab. Ich wirkte! Und wie!

Paul hatte das Maximum an Dramatik herausgekitzelt. Er hatte mich aufgefordert, zunächst nur zu schweigen. Ich sollte lediglich direkt in die Kamera schauen, was ich tat. Nun ja, was man so direkt nennt und der Mikrostrabimus zulässt. Ich hatte von Anfang an nicht den leisesten Zweifel daran, dass Paul, was diese Dinge betraf, ein absoluter Profi war, der genau wusste, was er zu tun hatte. Während meines Selbststudiums hatte ich mich nur am Rande mit Dramaturgie und Medienwissenschaften beschäftigt, mal abgesehen davon, dass ich fast alle Klassiker der deutschen Literatur gelesen hatte, die als Grundlage eines normalen, durchschnittlichen Dramaturgieverständnisses jedoch völlig ausreichen.

Wie intensiv ein schielender, schweigender Hase auf einem Computerbildschirm aussehen konnte, hatte ich nirgendwo zuvor lesen können, wer hätte darüber auch etwas schreiben sollen.

Der Hase auf dem Bildschirm war sprachlos. Eine Sekunde, zwei, drei, vier, fünf…und dann sagte ich meinen ersten Satz.

»Was soll das heißen, man hat auf euch geschossen, na und? Auf mich wurde mehr geschossen als auf sämtliche Rosen an einem Kirmesstand. Und bei mir wurde getroffen! Verdammt, ich will die Bilder! Wofür bezahle ich euch?«

Lehmann schrie hysterisch in sein Handy, sein Gesicht verzog sich zu einer hässlichen Grimasse. Aber am anderen Ende hatte man bereits aufgelegt. Die Legende schrie ins Nichts.

Auf dem Monitor konnte Lehmann verfolgen, wie nicht nur die Kamera sich zurückzog, sondern der ganze Helikopter. Nach dem Schuss war die Gefahr zu groß geworden, und kein Honorar dieser Welt hätte daran etwas ändern können.

Lehmann warf das Handy wütend an die Wand des Ü-Wagens, wo es zerschellte. Mit diesem Rückzug wurde auch der Sockel seines Denkmals zerstört. Die letzten unscharfen Bilder auf dem Monitor waren der Abspann seines Lebens.

Von draußen hämmerte jemand an das Blech seines Arbeitsplatzes.

»Aufmachen, Polizei!«

Lehmann hatte damit gerechnet. Es war nicht schwer, herauszufinden, wer für den Verstoß gegen das Flugverbot verantwortlich war. Er überlegte einen Moment, nicht zu öffnen, um den Grad der Dramatik hochzuschrauben und um sich Zeugen seines Scheiterns vom Leibe zu halten, dann entschied er sich für das Gegenteil.

Er schleppte sich zur Wagentür, entriegelte sie, öffnete sie einen Spalt und wurde dann von einem Beamten mit feuerrotem Kopf ins Innere zurückgestoßen.

Hauptkommissar Werner Lüchtejohann war außer sich, daran bestand kein Zweifel, anders hätte man die rabiate Art, mit der er der todkranken Reporterlegende begegnete, nicht erklären können.

»Sind Sie wahnsinnig, was fällt Ihnen ein?«, schnauzte Lüchtejohann. »Was zum Teufel hat Sie geritten, diesen Hubschrauber einzusetzen? Haben Sie eine Vorstellung davon, was da draußen passiert?«

»Nein!«, sagte Lehmann leise und erschöpft.

»Wissen Sie, wer das jetzt alles ausbaden muss?«

Lehmann schwieg.

»Dann will ich Ihnen das mal sagen. Sie verdammtes Arschloch, wir sind kurz vor einem Volksaufstand! Nur weil Sie in Ihrem kranken Hirn der Meinung sind, denen da draußen irgendwelche halbgaren Bilder andrehen zu müssen, die die draußen überhaupt nicht verstehen können! Scheiße noch mal, die warten doch nur drauf, uns die Schuld am Krepieren von diesem bescheuerten Hasen anzudrehen. Aber ich will Ihnen mal was sagen, Sie haben den auf dem Gewissen! Sie und Ihre ganze Scheißmedienbrut!«

Lehmann schwieg zu den Vorwürfen, er hatte seit Langem bereits den Kampf aufgegeben, anderen Menschen Dinge erklären zu wollen, die für deren kleingeistigen Kosmos ohnehin unbegreiflich waren. Er hatte jahrelang gegen Chefredakteure, Intendanten und Rundfunkräte leidenschaftliche Gefechte ausgetragen, er hatte das Gesetz gebeugt, wenn er es für nötig hielt, und die Ordner mit Dienstvorschriften immer ignoriert und so getan, als gäbe es sie nicht. Und wenn, dann nur für andere. Er hatte die Informationspflicht immer als wichtiger empfunden als lästige Paragrafen und moralische Bedenken.

Jetzt aber war er zu müde, um sich noch einmal zu wehren.

»So, Sie kommen jetzt mit, ich hoffe, dass man Ihnen dafür den Arsch so aufreißt, dass er für immer platzt!«, schnauzte ihn der Hauptkommissar an und sah nicht, wie Lehmann in seine Tasche griff und nach dem kleinen Döschen tastete, das er in einer kalten Novembernacht in Islamabad gekauft hatte. Er ahnte nicht, dass die Finger der Legende das Döschen öffneten, nach der Kapsel suchten, sie fanden und fast liebevoll darüber strichen. Und er ahnte auch nicht, dass die Kapsel dann mit einer blitzschnellen Bewegung im Mund der Legende landete, wo sie zerbissen wurde und innerhalb weniger Sekunden dafür sorgte, dass Lehmann ihm nicht mehr folgen würde, zumindest nicht in diesem Leben.

»Einen Arzt, schnell!«, rief Lüchtejohann nach draußen, als er endlich begriffen hatte, was soeben geschehen war. Es war zu spät, für alles, den Arzt und auch für das, was oben auf dem Dach des Hilton geschah.

Kapitel 9

»Sie lieben dich«, sagte Nils und war sichtlich gerührt, als er mir die SMS vorlas, die er soeben von Paul bekommen hatte. Ich saß im Körbchen, das er extra für mich vom Rad seiner Mutter abmontiert und an seinem Mountainbike befestigt hatte, vorne am Lenker, damit er mich besser sehen konnte.

Er hatte mir auch ein kleines Kissen besorgt, um die Stöße seiner harten Vorderradgabel nicht eins zu eins an meine kleine Wirbelsäule weiterzuleiten. Aber ein Kissen ist kein Airbag, und wenn man vorne auf einem Rad sitzt, fällt einem dieser Unterschied ganz besonders auf.

»Auch wenn sie mich lieben, aber kannst du bitte anhalten, während du deine SMS liest, ich finde es ein bisschen gefährlich, wenn du dabei fährst.«

»Tut mir leid, Jochen, hast recht.«

Nils bremste vorsichtig und fuhr an den Rand des Radweges, um den kommenden Star am Medienhimmel keiner weiteren Gefahr auszusetzen. Dann beugte er sich vor, um mir die SMS zu zeigen, damit ich sie selbst lesen konnte.

79436 Klicks innerhalb von acht Stunden, Tendenz nach oben, Wahnsinn! Sie lieben ihn.

Für Pauls Verhältnisse war das fast ein Roman und dieser Umstand machte mir deutlich, wie außergewöhnlich die Klickzahlen sein mussten. Ich war natürlich nicht so naiv zu glauben, dass sich hinter jedem Klick auch jemand verbarg, den ich mit meiner ersten Online-Botschaft bereits überzeugt hatte, aber ich wusste, dass jeder Klick ein wichtiger Multiplikator war.

Nur ein Tag war vergangen, um genau zu sein, nur eine Nacht, seit wir mit unserer Mission online gegangen waren, und jetzt waren wir auf dem Weg zu Alex. Für Nils' Verhältnisse war es noch sehr früh am Morgen, und zum ersten Mal, seit ich ihn kannte, war er mit einer geballten Form von Aktionismus und Energie unterwegs – kaum wiederzuerkennen. Vor meinem Outing kannte Nils die Stunden vor dem Mittagessen nur noch vom Hörensagen, weil er die Erinnerung an diesen unchristlichen Zeitraum mit der Beendigung seiner Schullaufbahn aus seinem aktuellen Wissensspeicher nahezu vollständig gelöscht hatte.

Nils hatte fast nicht geschlafen, sondern alles getan, um es mir gemütlich zu machen. Er hatte Berge von Löwenzahn gepflückt, bis ich ihm erklärte, dass ich frischen Löwenzahn bevorzuge, und nicht diesen halb verwelkten, und dass es reicht, wenn ich eine kleine Mahlzeit nach der anderen einnehme, ganz nach Bedarf und Energieverbrauch. Zudem muss ich auch nicht ständig essen, sondern lege gelegentlich auch mal ganz gerne einfach meine Ohren an, um ein bisschen zu schlafen. Er hatte mir dann sein Bett zur Verfügung gestellt, es sogar frisch bezogen und mich dann allen Ernstes gefragt, ob es mir etwas ausmachen würde, wenn er auf einer Luftmatratze zu meinen Füßen schliefe. Ich hatte natürlich nichts dagegen gehabt. Im Gegenteil, ich hatte ihn ausdrücklich ermuntert, die Nacht neben mir in seinem Bett zu schlafen, weil wir Hasen es gewohnt sind, nicht alleine zu schlafen und die Körperwärme eines vitalen Bettnachbarn durchaus zu schätzen wissen. Ich glaube, er hatte dennoch kaum ein Auge zugemacht, aus Angst davor, mich in der Nacht mit seinem Gewicht zu erdrücken. Im Unterschied zu meinem besorgten Freund hatte ich wunderbar geschlafen.

Nils ließ sich voll und ganz auf mich ein. Er versuchte, mir jeden Wunsch von den Lippen abzulesen, selbst wenn auf ihnen nichts abzulesen war. Zum ersten Mal in meinem Leben hatte ich jemanden außerhalb meiner Familie gefunden, der bereit war, mutig und entschlossen für mich gegen sämtliche Widrigkeiten des Lebens anzukämpfen. Aber diese Stimme, die dann wie aus einer fernen Nebelwand zu ihm stieß, lenkte seine uneingeschränkte Aufmerksamkeit blitzartig in eine völlig andere Richtung. Dabei hatte die Stimme nur seinen Namen gerufen.

»Nils?«

Er wusste sofort, wem die Stimme gehörte, auch wenn er die Besitzerin dieser Stimme in weiter Ferne wähnte.

»Jenny?«

»So früh schon unterwegs?«

»Ja, ich will zu …«

Nils konnte seinen Blick nicht von Jenny abwenden, und ich hielt es für angemessen, mich nicht einzumischen, denn erst jetzt konnte ich verstehen, was mein Freund an dieser jungen Frau so attraktiv fand, dass er selbst mich, seinen neuen kleinen Freund im Körbchen seiner Mutter, vorne am Lenker, für einen Moment vergaß.

»… zu Alex, wir wollen … wir … äh …«, stammelte Nils, unfähig einen klaren Satz zu formulieren, weil Jenny in ihm alles durcheinanderwirbelte.

»Ja?«

»Reden.«

»Machst du jetzt wieder mehr mit Alex?«

»Schon. Und … äh … du?«

»Was?«

»Hast du Semesterferien oder … so?«

Sie schüttelte den Kopf und legte dabei die schönsten Segelohren frei, die ich je in meinem Leben bei einem Menschen gesehen hatte. Sie waren eine sinnliche Provokation gegen jede Aerodynamik, die die Natur für euch vorgesehen hat. Jennys wirklich außergewöhnlich ausufernde Ohren stellten sich einer Welt voller Gleichförmigkeit und körperlicher Normwerte keck entgegen. Jedenfalls für mich. Ich weiß, wovon ich rede, in Sachen Ohren macht uns Hasen keiner was vor. Da Jenny bislang augenscheinlich jeder Versuchung widerstanden hatte, diese Ohren operativ anlegen zu lassen, ließ das tiefer in ihr Selbstbewusstsein und ihre Charakterstärke blicken als alles andere. Sie war keine Konformistin, keine, die sich dem unsinnigen Diktat einer einheitlichen Ohrenstellung unreflektiert unterordnete. Jenny war ein Freigeist und ihre Ohren der äußerliche Ausdruck ihrer Haltung. Ich war begeistert und auf der Stelle mindestens so verliebt wie Nils, auch wenn ich wusste, dass ich nicht den Hauch einer Chance hatte, und obwohl ich wusste, dass Jenny meiner Freundschaft mit Nils im Wege stehen könnte, dieses Gefühl war da und würde bleiben, da war ich mir sicher. Und während ich nun sprachlos in meinem Körbchen saß und unentwegt ihre Ohren betrachtete, die mir fast zuzuwinken schienen, lauschte ich dem Gespräch der beiden.

»Ich habe mein Studium abgebrochen.«

»Was?«

»Scherz! Ja ich hab Ferien, und jetzt lasse ich mich bei meinen Eltern mal 'n bisschen verwöhnen. Mama hat schon voll auf Verwöhnmodus umgeschaltet, kennst sie ja. Kaum ist man wieder zu Hause, ist man auch wieder Kind, selbst mit einem bestandenen Physikum in der Tasche.«

»Ah, du hast bestanden?«

»Klar. Ich will nicht ewig studieren.«

Eigentlich hasste Nils alles, was mit Leistung und Ehrgeiz verbunden war, aber bei Jenny war ihm alles egal. In seiner Grundhaltung war Nils schon immer sehr auf der Seite der Hasen, denen Ehrgeiz so fremd ist wie ein langer Schwanz oder Stoßzähne aus Elfenbein.

»Na ja, jetzt mal so ein paar Tage nichts machen ist schon okay und tut ja auch mal ganz gut.«

Wem sagte sie das?! Nils war noch vor gar nicht allzu langer Zeit gewissermaßen der Kurator des Nichtstuns gewesen. Der Patentinhaber der gepflegten Langeweile. Bei diesem Thema kannte er sich aus wie kaum ein anderer.

»Klar, tut gut«, antwortete Nils und lächelte sie dabei eine Spur zu unbeholfen an.

»Seit wann hast du einen Hasen?«, wollte Jenny dann von ihm wissen.

Erst jetzt schien Jenny mich zu registrieren. Sie streichelte mir über den Kopf, was ich aus naheliegenden Gründen als durchaus angenehm empfand und ihr deshalb reflexartig eine Ohrenstellung anbot, die keine andere Interpretation ihrerseits zuließ.

»Äh … noch nicht so lange.«

»Der ist ja süß, wusste gar nicht, dass du dir was aus Hasen machst.«

»Du, das ist ein … ein … besonderer Hase.«

Jenny glaubte zu wissen, was Nils damit meinte, und sie lag falsch.

»Ich seh schon, der schielt ein bisschen, hab ich noch nie gesehen.«

»Er … er … kann …«

Nils versuchte sie so sanft wie möglich darauf vorzubereiten, dass meine Augenstellung bei Weitem nicht das Besonderste war, das mich auszeichnete. Es blieb bei einem Versuch, weil Nils noch immer hin- und hergerissen war zwischen der Bewunderung für Jenny und der großen Sensation, die in seinem Körbchen saß. Jenny und ich, das war einfach zu viel für ihn.

»Hat er einen Namen?«

»Ja, hat er. Ich heiße Jochen. Und es freut mich sehr, dich kennenzulernen. Nils hat mir schon eine Menge von dir erzählt.«

Ich dachte, dass es jetzt an der Zeit war, mich höchstpersönlich vorzustellen und endlich die Initiative zu übernehmen. Ich hätte ahnen müssen, was dies bei ihr auslöste.

Jenny begann zu schreien und lenkte die Aufmerksamkeit einiger Menschen auf uns, auf die wir gerne verzichtet hätten. Während genau in diesem Moment eine neue SMS von Paul eintraf, der wir nicht sofort die Aufmerksamkeit schenken konnten, die sie verdient hatte.

Unfassbar – 329.000 Klicks – Kommentare nicht zählbar – Er ist ein Star!

DIE NACHT DES HASEN

Die Nachrichtensperre hatte das Gegenteil von dem bewirkt, was sie bewirken sollte. Das staatlich verordnete Schweigegelübde hatte Tür und Tor für wildeste Spekulationen geöffnet.

Zunächst ging die Nachricht eines normalen, sicheren Todes von Jochen über den Platz vor dem Hilton, dann raste ein sicherer und zudem grausamer Tod durch die Straßen Berlins, aus dem dann innerhalb kürzester Zeit ein bestialischer, feiger, hinterhältiger Mord wurde, der über die Datenleitungen unzähliger Smartphone-Aficionados, Tablet-Besitzer und Netbook-Heroes seine Verbreitung in die ganze Welt fand. Niemand konnte ihn stoppen.

Es hieß, der Hase sei durch den gezielten Fangschuss eines SEK-Beamten letal getroffen worden. Dabei variierten die Angaben zwischen einem Schuss direkt in das Gehirn des Hasen, über einen unkontrollierten Lungenschuss bis hin zu einem präzisen Herztreffer. Nur an der Tatsache, dass es ein mit absoluter Sicherheit tödlicher Schuss war, gab es keinen Zweifel.

Zunächst war in diesem Zusammenhang auch behauptet worden, dass der Hase im Besitz einer Waffe gewesen sei und der finale Schuss des Beamten eine polizeitaktische Maßnahme ohne jede Alternative war. Als dann aber verbreitet wurde, dass Jochen unbewaffnet erschossen worden sei, weil es keine Schusswaffe gibt, die eine Hasenpfote überhaupt bedienen kann, wurde aus Jochens

Tod eine Märtyrerlegende, und ein explosives Gemisch aus Wut, Trauer und grenzenloser Empörung entstand aus den um den Globus jagenden Meldungen. Verglichen mit dem, was nun hier passierte, waren die alljährlichen Kreuzberger Mai-Unruhen gemütliche Folklore-Happenings.

Nachdem die Polizei vor dem Hilton eine Zeit lang versucht hatte, die protestierende Masse in Schach zu halten, gab sie das hoffnungslose Unterfangen irgendwann auf, um unter Einsatz von Blaulicht und quietschenden Reifen das Heil in der Flucht zu suchen. So etwas hatte es in der Geschichte der randalegeübten Berliner Polizei nie zuvor gegeben. Von Beamten, die ihre Uniformen aus Angst vor Verfolgung und Rache aus den noch fahrenden Einsatzfahrzeugen warfen, war die Rede. Auch für diese Rettungsmaßnahme fehlte bislang jedes Vorbild. Bestätigt wurden diese Verzweiflungstaten der Polizeibeamten freilich nie, doch wurden sie in den verschiedensten Medien genüsslich kolportiert.

Kurz nach Mitternacht behauptete der sich makrobiotisch ernährende Blogger Dr. Punch Line aus Pirmasens, einen Hinweis auf das Überleben von Jochen bekommen zu haben, aus einer todsicheren Quelle, wie er ironischerweise hinzufügte. Als Beweis dazu postete er ein Foto, das ähnlich ausdrucksstark war wie eines der unzähligen Fotos, die das Ungeheuer von Loch Ness auf schottischen Postkarten dokumentieren.

Was auch immer es war, der reine Wunsch, an das Überleben von Jochen unbedingt und fest glauben zu wollen, oder die Überzeugungskraft eines wenig überzeugenden Fotos: Dr. Punch Line gelang, was die Berliner Polizei, trotz zahlenmäßiger Überlegenheit und professioneller Ausbildung nicht geschafft hatte, der Blogger aus Pirmasens rettete Berlin vor einem Flächenbrand. In den Geschichtsbüchern würde man diese Heldentat des Mannes aus Pirmasens nie erwähnen, das war ihm klar. Aber es war ihm auch egal, denn Dr. Punch Line machte sich nichts aus Büchern, die für ihn nicht mehr waren als sehr dünne tote Bäume mit aufgedruckten Buchstaben und Zahlen.

Nils war einer der wenigen, der von Anfang an nicht geglaubt hatte, dass Jochen tot war. Und obwohl er sich geschworen hatte, sich nie wieder in das Leben von Jochen einzumischen, beschloss er, es noch einmal zu tun. Ein letztes Mal.

Alex war währenddessen viel zu zugedröhnt, um sich zu irgendeiner erkennbaren Reaktion hinreißen zu lassen. Er hatte die letzten Bilder des Helikopters nur noch wie durch einen Schleier auf dem gigantischen Flatscreen sehen können. Er lag auf seinem Wasserbett und blies den Qualm einer Zigarette in die Luft. Auf dem Mahagonitischchen, das er während eines Wochenendausfluges in Marrakesch gekauft hatte, lag eine zusammengerollte Hundertdollarnote, mit deren Hilfe er vor wenigen Minuten wieder eine Line in seine von innen bereits leicht zerfranste Nase gezogen hatte. Er hatte aufgehört, die Lines zu zählen, so wie er aufgehört hatte, sich die Namen der Frauen zu merken, die ihn für ihren Freund hielten, nur weil er ihnen teure Kleider und sonstigen Luxusmüll finanzierte. Mit letzter Kraft griff er zu seinem Handy, als es auf dem Tischchen klingelte.

»Wer stört?«

»Alex? Ich bin's, Paul.«

Pauls Stimme klang gehetzt und aufgeregt, auch er hatte sich verändert.

»Und?«

»Hast du den Fernseher an?«

»Keine Ahnung.«

»Dann schau nach!«

»Warum?«

»Jochen lebt.«

»Ich nicht.«

»Was, wie, du nicht?«

»Ich bin tot.«

»Alex, wir müssen was tun.«

»Ja, ich muss aufs Klo!«

»Alex.«

»Mir ist schlecht.«

Alex schmiss das Handy in die Ecke des Zimmers, in dem sein Bett stand, dann wälzte er sich zur Seite und spürte erst jetzt, dass er nicht alleine im Zimmer war. Er schob den nackten Arm zur Seite und stieg über den nackten Rücken der jungen Frau, von der er weder wusste, wie sie hieß, noch, ob irgendwas zwischen ihm und ihr gelaufen war. Vielleicht, vielleicht auch nicht, es spielte keine Rolle.

Alex taumelte nackt zur Tür, erschrak kurz beim Anblick des fünf mal fünf Meter großen Ölgemäldes, das die Reißzähne eines Wolfes darstellen sollte, und wenn man genau hinschaute, wurde die Absicht des Künstlers aus Prenzlau deutlich. Es war eine Auftragsarbeit und dekorierte erst seit gestern das Schlafzimmer. Das Reich des Jägers. Alex schaffte es nicht mehr bis zur Toilette seiner neuen Luxuswohnung und urinierte direkt auf den weißen Mohair im Essraum. Er war ein Geschenk des Senders zum Einzug in die Wohnung gewesen. Es war ihm egal, er mochte ihn von Anfang an nicht, und er hätte ihn früher oder später ohnehin entsorgt.

Vor gar nicht allzu langer Zeit waren eine neue Fahrradkette, ein neues Ritzel oder in seinen kühnsten Träumen vielleicht auch eine neue Schaltkomponente das Maximum dessen, was sich Alex an materiellen Wünschen gönnte. In nur wenigen Monaten hatte er gelernt, die Wertschätzung gegenüber allem, was man sich kaufen konnte, zu verlieren. Was man hat, muss man nicht mehr haben wollen. Jeder Wunsch, den man sich erfüllen kann, ist ein verlorener.

Don't eat the yellow snow, dachte er noch kurz, dann wurde ihm schlecht.

Paul hatte noch einen Moment das Handy an sein Ohr gepresst, um sich einen Reim auf die Geräusche zu machen, aber irgendwann hatte er begriffen, dass von Alex in dieser Nacht nichts zu erwarten war. Er wählte eine andere Nummer, und diese Nummer zu wählen, fiel ihm noch schwerer als der Anruf bei Alex.

Als Nils auf das Display seines Handys schaute, sah er Pauls Namen und überlegte einen Moment, ob er das Gespräch annehmen sollte oder nicht.

Nur wenige Meter von ihm entfernt zahlte Marie gerade dem Taxifahrer den dreifachen Tarif für eine einfache Stadtfahrt, weil es in dieser Nacht in Berlin so schwer war, ein Taxi zu finden wie einen Menschen mit einem Lächeln im

Gesicht oder einen Affen mit drei Augen. Nachdem sie bezahlt hatte, stieg sie aus dem Taxi und schaute zum Dach des Hilton. Als könnte es ausgerechnet ihr gelingen, Licht ins Dunkel zu bringen.

Kapitel 10

»Lange nicht gesehen«, sagte Alex und grinste Jenny auf eine Weise an, die Nils nicht gefallen konnte. Wenn es bei Hasen so etwas wie ein Grinsen gäbe, wäre dieses Grinsen für uns der Grundstein für einen mittelschweren Aggressionsschub gewesen. Hasen grinsen nie, sie lächeln noch nicht einmal. Deshalb sind wir immer auf alles vorbereitet, auf die gute Absicht, aber auch auf die schlechte, weil man in unserem Gesicht weder die eine noch die andere Absicht erkennen kann. Welche Absicht nun genau hinter Alex' Grinsen steckte, konnte ich nicht wissen, aber alles, was ich über das Grinsen von Menschen gelernt und gelesen hatte, ließ mich aufmerksam sein.

»Findest du?«, konterte Jenny, ohne auf das Grinsen zu reagieren.

Die beiden konnten sich schon damals nicht leiden. Für Alex war Jenny eine verwöhnte Zicke und er für sie ein durchgeknallter Freak. Er hatte wohl einmal versucht, sie anzumachen, ohne Erfolg, weil er auf einer Oberstufenparty große Anteile halb verdauten Grillguts und Salatreste auf ihrem neuen Kleid verewigte. Sie hatte ihm aus Wut diverse Tiernamen geschenkt, er ihr nur einen: Zicke!

Auch wenn ich damals nicht unmittelbar dabei war, die Erzählungen von Nils und diverse Gespräche, die ich im Garten mitverfolgen konnte, ließen keine anderen Schlüsse zu.

Während Alex seine beiden Kurierräder zur Seite schob, um wenigstens mir und Jenny einen Platz zum Sitzen zu verschaffen, blieb Nils stehen. Direkt neben Jenny. Um sicherzugehen.

»Wann kommt Marie?«

»Die gibt's auch noch?«, fragte Jenny.

»Soll sie sich aufgelöst haben, oder wie?«, schoss Alex forsch hinterher.

»Beruhig dich mal, ich hätte einfach nicht gedacht, dass die freiwillig hiergeblieben ist«, versuchte Jenny die Situation zu entspannen.

»Sie weiß noch nicht, was sie machen will«, verteidigte Nils den Entschluss von Marie, an einem Ort zu bleiben, der für jeden jungen Menschen offensichtlich so unattraktiv war, dass man sich einen freiwilligen Aufenthalt kaum vorstellen konnte. Dass sowohl Alex, Nils und auch ich uns nie mit Abwanderungsgedanken beschäftigt hatten und Jenny im Grunde die Einzige war, die ihrer Heimat den Rücken gekehrt hatte, musste ihr aufgefallen sein. Thematisiert hatte sie es nicht, stattdessen lag ihre Hand auf meinem Rücken, was eine Reaktion bei mir provozierte, die ich für mich behielt – und brav auf dem Bauch liegen blieb.

»Tut mir leid, ich musste … oh, Jenny, was machst du hier?«

Marie war erschrocken, als sie die in der Ferne Vermutete sah, und entspannte sich nur dadurch ein bisschen, dass Nils nicht direkt neben ihr auf dem alten Sperrholzsofa saß, sondern noch immer stand und ihr statt Jenny freundlich zulächelte.

»Jenny, Marie, Nils! Können wir vielleicht mal anfangen?«, blaffte Alex ungeduldig in die Runde.

»Wir warten noch auf Paul«, sagte Nils.

»Warum das denn? Ich hab keinen Bock mehr auf die Schlaftablette, dann muss er mal 'n bisschen schneller in die Puschen kommen, wir sind doch keine Rentnergang.«

Niemand antwortete ihm.

»Was sagst du denn, Jochen?«

»Um was geht's denn?«, fragte ich. Und ich wusste es wirklich nicht, meine Aufnahmebereitschaft war auf ein Minimum reduziert. Meine Gedanken kreisten nur noch um ein Thema. Um das Thema, mit dem ich mich seit meiner Geburt bislang leider immer nur theoretisch beschäftigt hatte. Praktisch hatte das Thema, wenn überhaupt, nur aus meiner Beobachtung bestanden. Erst jetzt wusste ich, was meinen Vater dazu bewog, in unmöglichsten Situationen alles und jeden stehen zu lassen, nur um so schnell wie möglich zu meiner Mutter zu kommen. Oder uns nach draußen zu schicken, falls er bereits im Bau war.

»Wir warten auf Paul, ohne ihn säßen wir gar nicht hier. Stimmt's, Jochen?«

»Ja, wahrscheinlich ... ähm ... wegen was sitzen wir noch mal hier?«

Es ist grausam, was die Hormone der Liebe anrichten können. Dass man sie nicht sehen kann, macht ihre Kraft nicht kleiner. Ich begann allmählich zu verstehen, was ich in einem Buch von William Somerset Maugham gelesen hatte, er schrieb, dass die Liebe nur ein schmutziger Trick der Natur sei, um das Fortbestehen der Menschheit zu garantieren. Das hatte ich bei der ersten Lektüre nicht verstanden, weil bei uns Hasen schon allein der Trieb reichen würde, um unseren Fortbestand zu sichern. Ich will damit nicht sagen, dass meine Eltern sich nicht liebten, aber nun ja, diese *eine Sache* machten sie nicht immer nur aus Liebe.

Bei mir leisteten die Hormone der Liebe in diesem besonderen Moment ganze Arbeit, sie hinterließen eine Schneise der Verwüstung. Wo vorher Struktur und Klarheit herrschten, raste jetzt pures Verlangen wie ein unkontrollierbarer Tornado durch die Räume meiner Gedanken und fegte alles zur Seite, was dem Ziel seiner Leidenschaft im Wege stand. Ich wollte den Fortbestand meiner Liebe zu Jenny, und ich wollte noch mehr.

»Wir müssen jetzt gucken, wie es weitergeht«, erklärte mir Nils mit angemessener Sachlichkeit und freundlichem Unterton.

»Was laberst du denn für einen Scheiß, Nils? Ist doch keine Frage, wie es weitergeht. Vorwärts, wie sonst? Vor uns liegt eine Flugbahn an Möglichkeiten, wir müssen nur noch abheben!«

Dazu imaginierte Alex eine steil nach oben gehende Flugbewegung mit seiner rechten Hand, deren Flugbahn durch die Länge seines Armes bei mir keinen überwältigenden Eindruck hinterließ, im Unterschied zu allem, was ich bei Jenny beobachten konnte.

»Abheben, klar, Alex! Genau das sollten wir nicht tun«, sagte Nils.

Es lag eine Reife und Weitsicht in seiner Antwort, die er sich vor einiger Zeit vermutlich selbst nicht zugetraut hätte. »Ich sag dir, die Fehler, die wir jetzt machen, die bügeln wir nie aus.«

»Fehler! Ausbügeln! Alter, hörst du dich eigentlich selber reden? Du denkst voll retro.«

»Nee, ich denk ganz aktuell. Er wäre nicht der erste Hype, der in Sekundenschnelle durch die Decke schießt und genau so schnell wieder abstürzt.«

»Fuck! Er ist ein Hase!«

Es wurde Zeit, sich in das Gespräch einzumischen.

»Könntest du bitte aufhören, von mir in der dritten Person zu sprechen, danke!«, sagte ich und fügte noch schnell etwas hinzu, diesmal in Richtung Jenny. »Du kannst ruhig weitermachen mit dem Streicheln, Hasen mögen das.«

»Dritte Person, Jochen«, sagte Jenny.

»Stimmt. ICH mag das.«

»Schon besser.«

Einen Moment lang schienen sich die beiden Streithähne Nils und Alex wieder beruhigt zu haben.

»Jemand was zu trinken?«, fragte Alex mit übertriebener Freundlichkeit.

»Nein, danke, wir brauchen einen klaren Kopf«, lehnte Nils das freundliche Angebot ab.

Marie nickte ihm zustimmend zu, während Jenny nur dezent die Stirn runzelte.

»Und deshalb warten wir auf Paul. Oder hast du denn jetzt den technischen Check, Alex?«, fragte Nils, ohne mit einer Antwort zu rechnen.

»Scheiße!«, kommentierte Alex, der einsehen musste, dass Nils recht hatte.

»Was habt ihr denn eigentlich vor?«, wollte Jenny dann von uns allen wissen.

»Hast du seinen ersten Clip nicht gesehen?«

»Was denn für einen Clip?«

»Sag mal, kriegst du überhaupt noch was mit, Jenny?«

»Hallo, Jenny.«

Pauls Begrüßung war neutral, er zeigte sich keineswegs so überrascht wie Marie, als hätte er mit Jenny hier genauso gerechnet wie mit einem fliegenden Frosch, der sich auf der Suche nach einer Prinzessin im Zimmer verirrt hatte und jetzt nur zufällig neben einem Hasen saß, statt auf dem Schoß einer potenziellen Thronfolgerin. Euphorisch wurde er erst im nächsten Satz.

»1,8!«

»Paul, könntest du vielleicht auch mal in ganzen Sätzen sprechen? Diese Nerdsprache geht mir so was von auf den Sack.«

Das sagte ausgerechnet ein Fahrradkurier, der bei der Übergabe seiner Pakete, Dokumente und Eilsachen es noch nicht mal schaffte, seinem Gegenüber wenigstens für einen kurzen Moment in die Augen zu schauen, um den nächsten Termin auch möglichst just in time zu schaffen. Woher ich das weiß? Himmel, auch Hasen kennen Fahrradkuriere.

»1,8 Millionen Klicks, und das war der Stand von vor einer Stunde!«

Alle rissen die Arme hoch, leider auch Jenny, und das nur, um diese seltsame Zahl zu beklatschen. Sogar Paul strahlte, wenn auch nur leicht zeitversetzt, was mir die Zahl aber noch seltsamer erschienen ließ. Ich hätte damals spüren müssen, dass sich schon etwas verändert hatte. Etwas in der Chemie dieser Freundschaften, eine Veränderung, die vielleicht schon vor meinem Outing begonnen hatte. Jetzt war sie offensichtlich. Nils, Alex, Paul, Marie und Jenny waren mitten in einem Prozess der Veränderung. Schon bald würde ihre Freundschaft einer nüchternen Allianz weichen, einem Zweckbündnis und vielleicht auch etwas noch viel Schlimmerem. Keinem von uns war dies zu diesem Zeitpunkt klar. Wir waren alle viel zu sehr mit uns selbst beschäftigt, auch wenn wir dachten, es gehe um die gemeinsame Sache. Wie blind man doch sein kann, auch wenn die Hormone keine Rolle spielen.

Ich war der Auslöser, mehr nicht. Das sagen alle, die Schuld tragen, ich weiß, aber wenigstens behaupte ich nicht, keine Schuld zu haben.

Die Glasscherbe ist auch schuld, wenn ein Reifen platt ist, aber am Ende ist sie auch nur ein Auslöser für das abrupte Ende einer Fahrradtour, einen geplatzten Termin, ein Rendezvous, das nicht stattfinden kann, weil einer der beiden Frischverliebten zu spät kommt, und die abgrundtiefe Enttäuschung, die daraus resultiert.

Man stelle sich vor, wie ein junges Mädchen verzweifelt auf die Uhr schaut, an sich selbst zweifelt, ob sie die Richtige für ihn ist. Und wenn dann nach dem Zweifel die Wut kommt und dann die Einsicht, dass sie selbstverständlich das Beste ist, was diesem Idioten passieren kann. Wenn sie dann zu sich sagt, dass sie noch maximal zehn Minuten warten wird und dann nie wieder mit ihm reden wird, geschweige denn sich mit ihm zu verabreden. Und man stelle sich dann auch bitte schön vor, wie der junge Mann sich den düsteren Gedanken stellt, während er das Rad in den Graben schmeißt, dann ganz langsam zu traben beginnt, in den schnellen Lauf wechselt, den Puls beschleunigt, den Schweiß spürt, der über seinen Körper rinnt, wohl wissend, dass er es nicht mehr schaffen kann, pünktlich zu sein. Wie er sich darüber Gedanken macht, ob sie auf ihn warten wird. Wie er sich sicher ist, dass sie es tun wird. Zunächst, dann aber zweifelt, um sich kurz vor dem Verabredungsort sicher zu sein, dass sie längst schon weg ist. Man muss sich vorstellen, wie er dann vor Trauer auf den Boden sackt und zu weinen beginnt und sich seiner Tränen nicht schämt, weil ihn niemand dabei beobachten kann. Wie er sein Rad verflucht und die Firma, die diesem sündhaft teuren Reifen das Attribut »unplattbar« verliehen hatte.

Die beiden hätten Kinder haben können, ein Haus, einen Garten, mit Hasen. Himmel! Wenn sich die Glasscherbe über alles Gedanken machen würde, das wäre schlimm. Auch wenn Glasscherben sich keine Gedanken machen können, das ist mir klar. Habe ich eigentlich schon erwähnt, dass ich eine ganze Reihe von Liebesromanen gelesen habe?

Ohne Jenny und ihre Hand hätte ich dies nicht erwähnt, das kannst du mir glauben.

»Kann ich es mal sehen?«, wollte Jenny nun wissen.

»Was?«

»Das, was ihr mit Jochen hochgeladen habt.«

»Ja, bitte, ich würde es auch gerne noch mal sehen«, ermunterte ich die Runde, obwohl ich meinen ersten Clip so oft gesehen hatte, dass man mir leider ein Übermaß an Eitelkeit unterstellen durfte. Doch ich war viel weniger scharf darauf, mich zu sehen, als Jenny dabei zu beobachten, wie sie mich sah.

Erst jetzt fiel Nils auf, dass da irgendwas war, zwischen mir und Jenny, mehr als nur ihre Hand, die meinen Rücken kraulte. Und Marie sah, was Nils sah, und wie er es sah, machte sie nachdenklich, auch das bekam ich nur aus dem Augenwinkel mit. Erst viel später wusste ich, was geschehen war.

Paul startete auf seinem Macbook den Clip. Das Erste, was er sah, war eine Zahl darunter: 2,1 Millionen Klicks – 65.634 Kommentare.

»Wahnsinn!«

»Wir sind im Spiel«, sagte Alex.

»Das ist kein Spiel«, korrigierte ihn Nils.

»Das bin ich, Jenny«, ergänzte ich sinnloserweise und deutete auf den Bildschirm, als hätte in der vergangenen Stunde ein weiterer Hase per YouTube den Weg in die Öffentlichkeit gesucht.

Dann hörten wir alle wieder einmal meinen ersten Satz.

»Hallo … ich heiße Jochen, und ich muss euch was erzählen …«

»Süß, wie im Märchen, echt süß«, sagte Jenny, und so, wie sie es sagte, war es für mich das schönste Wort, das unsere Sprache kennt. Auch wenn es nur wenige Wörter gibt, die mit einem ß schön klingen, dieses hatte es geschafft.

DIE NACHT DES HASEN

Die Stimme der Macht hatte am Schreibtisch Platz genommen. Böblinger hielt sich dezent im Hintergrund. Sichtlich angespannt schaute er zur Tür. Wenn dieser Auftritt der Stimme schiefging, würde er den Rest seines Lebens im Sportausschuss seiner Fraktion verbringen oder, was noch schlimmer war, als Mitglied einer Enquetekommission, die sich mit Fragen zu Themen wie Bildung, Hunger, Gerechtigkeit und Umwelt monatelang selbst beschäftigte, ohne konkrete Ergebnisse, Forderungen oder Maßnahmen vorlegen zu müssen. Macht und Machtgestaltung würde er nie wieder erleben, das war Böblinger klar. Diese Nacht war auch seine Nacht, und der Morgen danach erschien ihm wie ein böser Dämon. Er fürchtete sich.

»Noch zehn Minuten.«

»Ja, danke, Böblinger.«

Die Stimme der Macht zupfte noch einmal an ihrem Pony, der nun eine Spur verwegener auf der leicht glänzenden Stirn des mächtigsten Menschen dieser Republik platziert wurde, um den Eindruck der Angespanntheit zu dokumentieren und um jedem Betrachter das Gefühl zu geben, dass die Stimme der Macht seit Stunden keine Gelegenheit mehr gefunden hatte, um sich um Äußerlichkeiten wie eine perfekt sitzende Frisur zu kümmern. Gleich würde die Stimme der Macht zur Lage der Nation sprechen, aus aktuellem Anlass, wie es der Nachrichtensprecher vermelden würde. Die Stimme würde einen Moment stumm in die Kamera schauen, um nicht den Eindruck einer einstudierten Rede entstehen zu lassen. Sie würde dann demonstrativ einmal schlucken, um jedem Zuschauer mit diesem grandiosen Trick aus der Kirmespsychologie klarzumachen, wie schwer der Stimme der Macht dieser Auftritt fiel. Vor allem, was den Inhalt betraf. Natürlich, so sollte man denken, hätte die Stimme der Macht viel lieber das Gelingen der Energiewende, das Verhindern der Weltklimakatastrophe oder wenigstens die Stabilität des Euro verkündet. Die Sorgenfalten sollten zeigen, wie schwer ihr jedes Wort fiel, wie ernst die Sache war: Es ging um das Schicksal eines Hasen, gewichtiger konnte kein Thema sein.

»Wollen Sie noch mal was sehen?«, fragte Böblinger und zeigte auf den großen Monitor, der normalerweise nur für die großen und wichtigen Schaltkonferenzen mit den wichtigsten Staatsoberhäuptern dieser Welt vorgesehen war, jetzt aber Clips von YouTube zeigte – für die Stimme der Macht und Böblinger wirkten sie in dieser Nacht wie Jochens Testament.

»Ja, bitte noch mal den allerersten, das schaffen wir doch noch, oder?«, fragte die Stimme der Macht ungewöhnlich vorsichtig.

»Ja, kein Problem«, antwortete Böblinger und klang dabei eine Spur zu entschlossen, weil er den Eindruck erwecken wollte, die Situation unter Kontrolle zu haben. Dann drückte er auf die OK-Taste der Fernbedienung und beobachtete dabei die Stimme der Macht. Er hatte ihr geraten, in solchen Momenten die Augen auf irgendeinen Fixpunkt zu fokussieren, sie niemals zu schließen, um jeden Verdacht von Unsicherheit gar nicht erst aufkommen zu lassen. Als Jochen auf dem Bildschirm erschien, schloss die Stimme der Macht die Augen.

»Hallo… ich heiße Jochen, und ich muss euch was erzählen…«

»Machen Sie's aus, ich kann es nicht sehen«, forderte die Stimme der Macht ihren Staatssekretär auf.

Böblinger war sich nicht sicher, ob der feuchte Glanz in den Augen der Stimme eine Reaktion auf die falsch eingestellte Klimaanlage koreanischen Ursprungs war oder tatsächlich eine emotionale Reaktion auf Jochens ersten Auftritt.

»Was werden wir sagen?«, fragte die Stimme der Macht.

Sie, nicht wir, dachte Böblinger und behielt diese Feststellung, wie so viele in den letzten Jahren, für sich, weil er sich für seine Karriere und damit gegen jede Form von Selbstrespekt entschieden hatte. Böblinger hatte gebaut, zu groß, zu teuer, zu protzig.. Er konnte sich nur noch vollständige Unterwürfigkeit erlauben.

»Sie haben das Statement.«

»Böblinger, das ist Murks, was Sie da geschrieben haben, das kann ich nicht sagen!«

Die Stimme der Macht wedelte mit dem Statement, das er vorbereitet hatte. Es war Murks, es war eine Bankrotterklärung seiner sonst souveränen Kreativität, aber er war sich sicher, dass es inhaltlich keine Alternative gab, ganz abgesehen davon, dass es nur noch wenige Minuten dauern würde, bis das Fernsehteam in das Allerheiligste der Macht käme, um ein Statement zu bekommen.

»Vielleicht sollten Sie, ohne Text...«, schlug Böblinger vor.

»Ohne?«

Die Stimme der Macht hatte es verlernt, irgendwas OHNE zu machen. Die Stimme ging nicht ohne Schutz in die Öffentlichkeit, sagte nichts Eigenständiges zu den wichtigen Themen der Politik ohne intensive vorherige Beratung Dutzender Spindoctors, sie ging nicht ohne Schlafanzug ins Bett und auch nicht ohne Dolmetscher auf Auslandsreise. Selbst in Bayern hatte die Stimme einen Dolmetscher an der Seite, für den Fall der Fälle. Die Macht hatte aus der Stimme ein hilfloses Wesen gemacht – ein Trauerspiel, wie sich nun einmal mehr bestätigte.

»Vielleicht, wenn Sie dabei an Ihre Tochter denken«, sagte Böblinger.

»Josefine?«

Sie haben nur eine Tochter, dachte der Staatssekretär und behielt auch diesen Gedanken für sich.

»Ja, denken Sie an Josefine, sprechen Sie mit dem Herz eines Kindes.«

»Böblinger.«

Unwillkürlich wich der Staatssekretär einen Schritt zurück.

»Sie sind ein Genie, Böblinger.«

Und schon kam der Staatssekretär wieder näher. Übermütig dachte er sogar darüber nach, seinem Haus einen Swimmingpool hinzuzufügen, und sah vor sich, wie seine Frau darin schwimmen würde.

Die Stimme der Macht griff zum Telefon, ein Gespräch mit Josefine erschien in diesem Moment kostbarer als jede taktische Hilfe von professioneller Seite.

»Josefine? Ich bin's!«

»Ich hab kein Fernsehen geguckt, es ist alles dunkel.«

»Josefine?«

»Ich hab solche Angst.«

»Josefine!«

»Warum tut ihr nichts?«

»Josefine!«

Der Stimme der Macht gelang es zunächst nicht, zu Josefine vorzudringen. Akustisch schon, aber nicht tröstend. Eine Notlüge musste her.

»Keine Angst, Jochen lebt!«

»Woher weißt du das?«

»Ich bin die Stimme der Macht, ich weiß alles.«

»Gar nicht!«

»Doch!«

»Wo ist Jochen?«

Die Stimme der Macht schaute fragend zu Böblinger, der nun zum ersten Mal in dieser Nacht genau das zum Ausdruck brachte, was er tatsächlich dachte. Er zuckte ahnungslos mit den Schultern.

Die Stimme der Macht musste ohne ihn eine Antwort finden.

»Er ist hier!«

»Wirklich?«

»Ich lüge nie!«

Vielleicht glaubte die Stimme der Macht das inzwischen selbst. Sie hatte längst aufgehört, die strengen Grenzen zwischen Wahrheit und Lüge anzuerkennen. Nicht erst, seit sie sich angewöhnt hatte, die Personenwaage zu manipulieren, die ihr danach einen perfekten Body-Mass-Index vorgaukelte. Aber Josefine anzulügen, das war etwas Neues und die Stimme schämte sich dafür.

»Kann ich mit Jochen sprechen?«, fragte Josefine, die ihrerseits keinen Zweifel an der frohen Botschaft zu haben schien.

»Später, Jochen ist müde, sehr müde, mein Schatz.«

»Kannst du ihn bitte von mir küssen?«

»Ich soll Jochen küssen?«

Die Stimme der Macht hat seit einem Jahr niemanden mehr geküsst, wenn man einmal vom russischen Botschafter absah, dessen Küsse auffällig intensiv waren und die Stimme der Macht regelmäßig viel Überwindung kosteten, zumal sich die Hände des Botschafters regelmäßig in das Rückenfett seines Gegenübers vergruben, was nicht nur äußerst unangenehm war, sondern auch immer eine schmerzliche Erinnerung an die Waagenmanipulation.

»Ja, ich gebe Jochen einen Kuss von dir, und jetzt muss ich Schluss machen.«

»Warum?«

»Das Fernsehen kommt.«

Böblinger führte den Chefredakteur des Senders zu seinem bereits angestammten Platz im Büro, an dem so viele Interviews zwischen ihm und der Stimme der Macht stattgefunden hatten. Die beiden mochten sich nicht, hatten es aber geschafft, dies für sich zu behalten.

Gemäß Routineprotokoll hatte der lichtsetzende Kameramann genau dreißig Sekunden Zeit, eine perfekte Einstellung und Position zu finden. Nicht viel mehr Zeit stand dem Tonmann zur Verfügung. Die Stimme der Macht behielt die Uhr im Auge. Als die Zeit abgelaufen war, eröffnete die Stimme das Gespräch, ohne die übliche erste Frage abzuwarten.

»Hallo, ich bin die Stimme der Macht, und ich muss euch was erzählen!«

Kapitel 11

Drei Tage nach dem ersten Clip hatten wir aufgehört, die Klicks zu zählen.

Es gab bereits Tausende von Trittbrettfahrern, die ein ähnliches Video ins Netz gestellt hatten. Männer in Hasenkostümen, die von sich behaupteten, Jochen zu sein. Männer in allen Altersklassen und Größen. Manche konnten sich gut ausdrücken, die meisten eher nicht. Einige hatten sich Mühe gemacht, zumindest technisch auf der Höhe zu sein, die Mehrheit wusste wahrscheinlich nicht einmal, wie man »Mühe« schreibt. Alex regte sich fürchterlich darüber auf, während Paul sich an seine natürliche Gelassenheit erinnerte und schwieg. Nils verhielt sich neutral, er hatte den permanenten Zugang zu mir, den echten Jochen, alles andere schien ihm egal. Er hatte sein Bett endgültig für mich frei gemacht und schlief auf einer alten Matratze direkt zu meinen Füßen.

Vereinzelt gab es auch Frauen, die mit aufgesteckten, langen Ohren in die Kamera grinsten, aber wenigstens nicht von sich behaupteten, meinen Namen zu tragen. Es gab auch echte Tiervideos, die nachsynchronisiert wurden, mit albernen Texten, meistens auf billige Gags getrimmt, ohne jeden Tiefgang. Es gab Hamster, Echsen, Hunde, Katzen, sogar ein einäugiger Mäusebussard war dabei und eine echte Antilope vor einer stillgelegten Zeche im Ruhrgebiet.

Unter den meisten Videos standen jedoch wütende Kommentare von den Menschen, die meine Botschaft ernst nahmen. Das war die Mehrheit. Eine deutliche Mehrheit.

Alex hatte ich unterschätzt. Aus dem durchtrainierten Fahrradkurier war innerhalb kürzester Zeit ein junger Mann geworden, der auf einmal in einer ganz anderen Liga spielte. Wie ein Hase, der seit seiner Geburt nur in einem Stall gesessen hat und plötzlich auf freier Wildbahn den großen Tieren des Waldes sagt, wo es langgeht. Mit einem Unterschied: Alex schien zu wissen, was er tat, und Alex wurde respektiert. Ein Hase wäre beim ersten Versuch, so den Zampano zu geben, zerlegt worden.

Sein Job als Fahrradkurier hatte ihm schon immer den Zugang zu Welten verschafft, die Hasen wie mir in der Regel verschlossen sind. Werbeagenturen, Anwaltskanzleien, TV-Produktionsfirmen, Freelancer in PR-Agenturen, Menschen, deren Hauptaufgabe darin besteht, etwas zu verkaufen, das man nicht essen oder trinken kann. Und das, was Alex ihnen jetzt zum Verkauf anbot, war besser als alles zuvor.

Alex telefonierte ständig. Er hielt seine Gespräche knapp, gönnte seinem Gesprächspartner immer nur kleine Dosen dessen, was er am Ende verkaufen wollte. Er sprach von einem Mythos, einem Wunder, einer Sensation. Das war das, was bei mir hängen blieb. Es machte mich stolz, der personifizierte Grund des Mythos, der Kern dieses Wunders, das Gesicht der Sensation zu sein. Dass ich schlicht verkauft wurde, wollte ich nicht sehen. Das war einer von vielen Fehlern, die nur einem Hasen passieren können, der vergisst, dass er nur ein Hase ist.

Immer dann, wenn Alex eine Zeit lang nichts sagte,

hörte er sich an, was die Gesprächspartner ihm vorschlugen. Meistens antwortete er mit »das wird nicht reichen«, »ich fürchte, so kommen wir nicht ins Geschäft«, »es geht hier nicht um Hitlers Tagebücher, das hier ist echt!«, »ich überleg es mir«. Was, und das konnte ich mittlerweile beurteilen, nichts anderes bedeutete, als: Das Gespräch ist hiermit beendet. Ich hätte nachfragen müssen, mich mehr interessieren. Aber ich wurde schneller fremdgesteuert als ein Hamster, den man in ein Hamsterrad setzt, damit er sich keine Gedanken mehr machen muss, in welche Richtung es für ihn geht. Dass mein Hamsterrad ein Falle war, kam mir nicht in den Sinn. Ich bildete mir ein, dass meine Mission so wichtig war, dass sie alle notwendigen Maßnahmen rechtfertigte. Und ich bildete mir ebenso ein, dass allen im Team die Mission so wichtig war wie mir.

Während Alex nun also nur noch damit beschäftigt war, die kommerziellen Möglichkeiten meiner Mission auszuloten, behielt Paul die technische Seite im Auge. Auch hier wusste ich nicht, was geschah. Wie auch, Hasen kennen keine Sozialen Netzwerke, jedenfalls keine, in denen man seine Freunde nicht wirklich sieht, sondern nur zählt. Und Hasen wissen auch nicht, in welche Portale man Videoclips hochlädt. Ich denke, die meisten Hasen wissen noch nicht mal, dass es überhaupt Videoclips gibt.

Paul lebte in dieser virtuellen Welt, in der realen kümmerte er sich nur noch um die Grundbedürfnisse, die ein Mensch befriedigen muss, wenn er nicht verhungern will oder platzen. Er war ein Teil von sogenannten digitalen Communitys, ein Pfadfinder im Dickicht des Worldwide Web. Ich hatte von all dem keine Ahnung. In den Werken von Proust, Dostojewski, Dickens, Grass, deren Bücher ich übrigens nie ganz durchgelesen hatte, und in vielen anderen Klassikern tauchten solche Themen nicht auf. Weil es sie entweder zum Zeitpunkt des Romanschreibens noch gar nicht gab oder weil es die Schriftsteller schlichtweg nicht interessierte und sie sich lieber dem menschlichen Wesen ohne Stromzufuhr und Datensätze nähern wollten.

Hätte ich aber wissen können, was da mit mir in meinem Namen geschah, hätte ich vielleicht auch danach gefragt, wo die Stopptaste ist. Die Hängebrücke, die man hochzieht, wenn die sichere Burg von außen bedroht wird. So aber ließ ich es geschehen. Ein weiterer Fehler. Während die Klassiker der Literatur zum Teil Jahre brauchten, um zu Weltruhm zu gelangen, und manche Thesen und radikalen Denkanstöße erst nach dem Tod des Verfassers ihre vollständige Wirkung erzielten, reichten in meinem Fall wenige Klicks, um der Welt da draußen zu erklären, was ich zu sagen hatte.

Paul tat es nicht in böser Absicht, er sah das alles aus rein professioneller Sicht. Es gab ein Thema, das in die Welt geschossen werden sollte, sein Job war es, dies so schnell und so flächendeckend wie möglich zu tun. Über alles andere machte sich Paul keine Gedanken. Genau so wenig wie ich.

Nils, Marie, Jenny und ich kümmerten uns nur um das rein Inhaltliche. Wir lieferten den Sprengstoff, für die Explosion sorgten die anderen. Dass diese beinahe stringente Aufgabenverteilung eine Illusion war, die sich schon bald in Luft auflösen sollte, kam mir nicht in den Sinn. Wie auch? Hasen überleben nur selten eine Illusion, wie sollen sie dann daraus lernen beziehungsweise das Wissen darüber an andere Hasen weitergeben?

Noch war ich außerhalb des Gartens nur getarnt in der Öffentlichkeit gewesen, die Gefahr, erkannt zu werden, war eindeutig zu groß. Nils fuhr mich in seinem Fahrradkörbchen von Wohnung zu Wohnung, je nachdem, wo wir gerade waren. Ich lag dabei unter einer moosgrünen Wolldecke, in die Nils winzige Löcher geschnitten hatte, um mein Bedürfnis nach Sauerstoff zu befriedigen.

Kurz vor einer der wichtigsten strategischen Entscheidungen waren wir bei Jenny. Wir wechselten unsere Besprechungsorte wie Terroristen im Untergrund. Ich sollte nicht erkannt, nicht gefunden werden, nicht verortbar sein, noch nicht. Da aus meiner Internetpräsenz nicht hervorging, wo man mich finden konnte, war dies auch mehr als nur ein Schutz meiner Privatsphäre. Uns war klar, was passieren würde, wenn es einen Ort gäbe, zu dem man hätte pilgern können, um mit mir in Kontakt zu treten. Es wären nicht nur drei Könige gekommen, sie hätten ihre Königreiche mitgebracht, mit allem Personal und Volk, das dazugehört.

Dass es an diesem Tag zu Jenny ging, ließ mein Herz höherschlagen. Ich fand mehr denn je alles an Jenny hinreißend. Selbst der Klang der Adresse, unter der sie vorübergehend wieder wohnte, ließ mein Hasenherz mächtig pochen. Die Fassade des Hauses, in dem ihre Eltern sie einst gewickelt hatten, wurde gleich beim ersten Anblick zu einer Projektionsfläche meiner intimsten Wünsche. Ich verneigte mich im Stillen sogar vor dem Klingelschild, auf dem ihr Name stand, wenn auch nur der Familienname. Ich fand einfach alles hinreißend, alles! So wie auch Nils alles hinreißend fand, bei dem Jenny ihren Fuß, ihre Hand oder sonstige Teile des Körpers irgendwann einmal zum Einsatz gebracht hatte, und wenn der Aufwand auch nur dazu diente, irgendwo Ruhe zu finden. Wie zum Beispiel auf einem Bett, einem Stuhl, oder dem großen, roten Teppich, der vor ihrem Sofa lag. Nils und ich beneideten den Teppich, der Jenny mit Sicherheit schon deutlich näher war, als wir es uns erträumten – und zwar mit jeder Faser.

Nur Marie schien damit ein Problem zu haben, dass wir uns bei Jenny trafen. Aber ein Treffen bei Marie war unmöglich, seit ihr Vater schon am frühen Morgen damit begann, sich das Elend dieser Welt, seine Einsamkeit und unerfüllte Sehnsucht nach Glück systematisch wegzutrinken.

Jenny hatte im Haus ihrer Eltern eine Etage nur für sich. Als ich zum ersten Mal ihr liebevoll dekoriertes Reich betrat, in dem ihre Mutter nach dem Auszug der Tochter keinerlei Veränderung vorgenommen hatte, um nicht den noch immer vorhandenen Zauber ihrer Daseinsgeschichte zu zerstören, konnte ich mir auf der Stelle vorstellen, den Rest meines Lebens dort mit ihr zu verbringen. Die Vorstellung gelang mir mühelos, zumal Jenny in meiner Vorstellung auf dem Bett lag, mit mir, eine Hand auf meinem Rücken und die andere …

»Mir gefällt das nicht! Wir müssen aufpassen. Da läuft was, was nicht okay ist«, sagte Nils.

»Was?«, fragte Jenny.

»Kann ich dir helfen?«, bot Marie an, die jede Chance dankbar ergriff, um sensibel wie ein frisch geeichter Geigerzähler auf jedwede Irritation ihres Angebeteten zu reagieren.

»Alex!«, antwortete Nils, ohne Marie auch nur eines Blickes zu würdigen.

»Lass ihn«, versuchte Jenny ihn zu beruhigen.

»Ich hab das Gefühl, der geht in eine andere Richtung als wir, was meinst du, Jochen?«

Ich musste froh sein, dass Nils mich gelegentlich an die Mission erinnerte. An eine Mission, die nichts mit Jenny zu tun hatte, die in meinem Kopf so präsent war, als bestünde er nur noch aus ihr. Vielleicht ahnte Nils zum damaligen Zeitpunkt wirklich schon, was in mir vorging, vielleicht auch nicht. In jedem Fall hatte er recht, dass erst die Mission zu erfüllen war und dann meine Leidenschaft, was er so radikal nicht formulierte. Es fiel mir schwer, mich mit diesem Gedanken anzufreunden, doch es war der einzig richtige.

Was die Erfüllung von Leidenschaft angeht, lassen wir Hasen uns ja eher wenig Zeit, um genau zu sein, wir lassen keine Sekunde und Gelegenheit verstreichen, ebenjene zu erfüllen. Ein Hase hat nichts zu verlieren, außer Zeit. Diese prinzipielle Einstellung hat sich bewährt, es gibt keinen Grund, daran etwas zu ändern, es sei denn, man ist auf einer Mission. Da es meines Wissens keinen Hasen gab, der auf einer, auch nur ansatzweise ähnlichen Mission war wie ich, war ich mit ziemlicher Sicherheit auch der einzige Hase, der sich in Fragen gebremster Leidenschaft fast bis zur Schmerzgrenze kontrollieren musste. Ich musste ein katholischer Priester werden, im Körper eines Hasen. Ein zölibatäres Wesen mit einer Vorliebe für Löwenzahn! Sonst nichts! Und das bis auf Weiteres. Von diesem Opfer hatte niemand eine Ahnung. Am allerwenigsten Jenny – leider!

»Ich glaube, du kannst dich beruhigen, mir ist natürlich auch aufgefallen, dass Alex in mir etwas anderes sieht als nur einen kleinen, zugegebenermaßen ziemlich süßen Hasen, der die Menschheit retten will. Alex hat ein sehr kommerzielles Interesse. Aber mal ganz ehrlich, braucht nicht jede Vision auch jemanden, der sie vermarktet? Was wäre Aspirin ohne Werbung?«, sagte ich zu Nils.

Hätte ich mir selbst dabei zuhören können, hätte ich mich voller Scham abgewendet, nicht nur weil ich zum Ausdruck brachte, wie opportunistisch ich bereits geworden war, sondern auch, wie entmündigt meine bislang so klaren Gedanken nun waren. Ich kannte kein Aspirin und die Notwendigkeit von Werbung. Ich hatte begonnen, die Gedanken anderer zu benutzen, ohne sie zu reflektieren. Ich plapperte nach, was andere sagten. Ich war ein Papagei mit langen Ohren. Und ich hörte nicht mehr auf, Blödsinn zu wiederholen, selbst wenn man mich darauf aufmerksam machte.

»Aspirin? Was hast du mit Aspirin zu tun, du bist kein Medikament … du bist …«

»Ein Hase, der dafür sorgen will, dass es euch besser geht. Nichts anderes will Aspirin. Und ohne dass jemand denen, die es brauchen, erklärt, dass es so was wie Aspirin gibt, wäre die bloße Existenz dieses wunderbaren Medikaments sinnlos.«

»Jochen, dein Vergleich hinkt.«

»Nein, ganz und gar nicht. Ohne Vermarktung, ohne den deutlichen Fingerzeig wäre Aspirin nur ein weißes Pulver und ich ein Hase, der sprechen kann. Was niemand erfahren würde.«

»Er hat recht,« bestätigte Jenny, und ich tat kurz so, als ginge mir dies nicht wie ein warmer Schauer über das Fell.

»Jochen, versteh mich nicht falsch, aber die Menschen da draußen, die kennen dich jetzt, wir müssen dich nicht mehr bekannt machen wie ein Schmerzmittel.«

»Sie werden mich vergessen, sobald sie mich nicht mehr sehen.«

»Stimmt«, sagte Marie, und niemand von uns nahm das zur Kenntnis.

»Aber sie werden dich sehen, und sie werden dich nicht vergessen. Jesus hat man auch nicht vergessen.«

»Jesus ist tot«, sagte ich nüchtern.

»Na und, wer hat ihn vergessen?«, konterte Nils.

Erst jetzt schien ihm klar zu werden, was ich mit dem Hinweis auf das tragische Ableben von Jesus sagen wollte. Es war schlimm genug, mir meiner eigenen Vergänglichkeit bewusst zu werden, aber die anderen dabei zu beobachten, wie ihnen nun derselbe Gedanke durch den Kopf schoss, machte mich traurig. Was natürlich besonders für Jenny galt.

»Möchte jemand was essen, ich könnte was holen«, versuchte Marie die trüben Gedanken durch einen pragmatischen Vorschlag zu beseitigen. Ein naiver Versuch, so als hätte sie einem Todgeweihten einen lustigen Kalender mit Tiermotiven für das nächste Jahr geschenkt.

»Wie kannst du jetzt an Essen denken?« Jenny schüttelte dabei verständnislos den Kopf.

»Es ist Mittag.«

»Ich könnte ein bisschen Löwenzahn vertragen«, sagte ich und sorgte damit ohne jeden Hintergedanken für das erste und leider auch einzige Erfolgserlebnis, das Marie an diesem Tag beschieden sein würde. Ich war das einzige Lebewesen, das Marie zur Kenntnis zu nehmen schien, und nur ich nahm ihren Vorschlag dankbar an.

»Ich geh sofort, Jochen. Kommst du mit, Nils?«, fragte Marie, weil sie nicht wissen konnte, dass es wirklich nur für sie ein Erfolgserlebnis an diesem Tag geben sollte.

»Nee, einer reicht doch, Marie.«

Marie nickte und bereute ihren Vorschlag, für uns Essen

zu besorgen, so schnell wie eine junge Amsel, die ihr Nest zu früh verlässt und plötzlich einem hungrigen Marder begegnet.

Sie ballte ihre kleine Faust von uns fast unbemerkt und trollte sich dann nach draußen.

Als Marie weg war, grinste Jenny meinen Freund an.

»Ich glaub, sie mag dich.«

»Ach«, sagte Nils und wischte Jennys Vermutung mit einer eindeutigen Handbewegung weg, um den Fortgang des Gespräches nicht weiter in diese Richtung laufen zu lassen. Ohne Erfolg.

»Doch, sie mag dich.«

»Und wenn, gehören immer zwei zu.«

»Ich finde, sie passt zu dir, Nils«, sagte ich, durchaus mit Hintergedanken.

»Und wenn, für so was habe ich jetzt keinen Kopf, okay?«

Vielleicht hatte er wirklich keinen Kopf für so was, wobei ich mir nicht sicher war, aber es war in jedem Fall besser für ihn, keinen Kopf für so was zu haben, als einen, in dem nur Jenny war, so wie in meinem.

Nils' Handy erlöste uns von allen weiteren Spekulationen. Er schaute auf das Display und erklärte uns, bevor er das Gespräch annahm, wer ihn anrief.

»Es ist Alex!«, sagte Nils und blickte fragend zu uns, als müssten wir entscheiden, ob er mit ihm sprechen dürfe, solle, müsse, oder nicht.

»Ich drück ihn weg, okay?«

»Warum?«, fragte ich.

Und weil Nils keine Antwort wusste und Jenny ihn nicht weiter davon abhielt, nahm er das Gespräch an.

Mir wurde schnell klar, dass das, was Alex ihm erzählte nichts war, was man mit einem fröhlichen Gesichtsausdruck kommentieren musste. Nils hörte nur zu, angestrengt, leicht besorgt, aber ohne die Kraft, irgendwelche Widerworte zu geben, Einwürfe zu machen und Nachfragen zu stellen.

»Aber …«, versuchte Nils in das Gespräch mit Alex einzudringen, vergeblich. Am anderen Ende der Leitung war jemand, der nicht mit Nils sprechen wollte, sondern etwas zu sagen hatte.

»Wir gehen da am Sonntag hin und gut!«, sagte Alex laut und sehr unmissverständlich.

Ich musste genau hinhören, um zu verstehen, was Alex am anderen Ende der Leitung sagte. Auch wenn wir Hasen gut hören können, so gut, dass wir aus zwei Metern Entfernung aus einem winzigen Handylautsprecher alles hören, hören selbst Hasen nicht.

»Kannst du auf Laut stellen, Nils?«, bat ich ihn, und er folgte meiner Bitte schneller als Marie meinem Wunsch nach Löwenzahn.

»Wir haben unsere erste Talkshow und jetzt freu dich endlich!«

»Talkshow?«, fragte Nils.

»Das sind so Sendungen, wo Leute um einen Tisch sitzen und irgendeine Scheiße labern.«

»Mann, ich weiß, was eine Talkshow ist, ich will wissen, warum wir in eine Talkshow gehen.«

»Warum? Das fragst du nicht wirklich, oder?«

»Alex, von Talkshows war keine Rede.«

»Bis vor Kurzem war auch von keinem Hasen die Rede.«

»Alex, wir hatten was beschlossen. Keine TV-Präsenz, erst mal nicht! Wir wollen das alles langsam angehen.«

»Langsam angehen? Wie denn? Nils, da draußen gibt es keine Kutschen mehr, willkommen im 21. Jahrhundert.«

»Alex! Wir hatten Abmachungen! Hast du das vergessen? Drehst du jetzt voll durch, was soll denn der Scheiß?«

Zum ersten Mal war es Nils gelungen, sich aktiv in das Gespräch mit Alex einzubringen. Und diesmal schwieg die andere Seite.

»Alex, bist du noch dran?«

Keine Antwort.

Nils versuchte die Pause zu überbrücken, um wieder Blickkontakt mit Jenny aufzunehmen, die aber mehr an dem Gespräch mit Alex interessiert zu sein schien als an irgendwelchen Blicken von Nils.

»Bist du noch da, Alex?«, rief sie laut in den Raum.

»Ja, klar.«

Dann schwieg er erneut, und diesmal übernahm Nils die Initiative.

»Alex, ich hatte dich was gefragt!«

»Weiß ich!«

»Und?«

»Mann, Nils, du bist echt penetrant!«

»Alex?! Warum gehen wir in eine Talkshow?«

»Weil wir das Netz schon im Griff haben, jetzt geht's um die andere Welt. Jetzt packen wir alle Generationen, auch die, die nicht netzaffin sind.«

»Alex, du kannst doch nicht hinter unserem Rücken Entscheidungen fällen, die wir gemeinsam fällen müssen.«

»Entscheidungen, von denen du leider keine Ahnung hast, sorry, dass ich dir das so sagen muss, Nils, aber du checkst es nicht, echt nicht.«

Nils schickte einen schnellen Blick zu Jenny, um zu

sehen, ob sie diese Meinung bestätigen und hoffentlich sofort dementieren würde. Sie tat es nicht, weder das eine noch das andere.

»Ist Jochen bei euch?«

»Natürlich ist Jochen bei uns!«

»Kann er mich hören?«

»Hallo, Alex, ich bin's, Jochen, ich kann dich gut hören!«

Die Peinlichkeit des Moments war mir entgangen, während ich wahrscheinlich durch mein kleines Lebenszeichen am anderen Ende Alex davon abgehalten hatte, eine Peinlichkeit zu begehen. Womöglich hätte er gleich lautstark verkündet, dass es mich nun wirklich gar nichts anginge, warum er mit mir Talkshowauftritte organisierte. Dabei hätte es ohne mich für ihn nie auch nur den Hauch einer Chance auf die Teilnahme an einer Talkshow gegeben. Fahrradkuriere waren meines Wissens in Talkshows noch unbeliebter als Amokläufer und Selbstmordattentäter, weiß der Teufel warum. Es war so.

»Ich erklär's euch später, okay, ich muss die Flüge buchen!«

»Flüge?«, fragte ich panisch.

Hasen haben von Natur aus Flugangst, nicht etwa weil sie der Konstruktion eines Flugzeuges misstrauen und der Schubkraft nicht die Kraft zubilligen, die es ihr ermöglicht, ein Flugzeug dauerhaft in der Luft zu halten, es ist einfach so, dass für uns Hasen von oben nichts Gutes kommt. Sehen wir mal von Äpfeln ab, die vom Baum fallen können, aber selbst die können uns auch am Kopf treffen.

»Ich fliege nicht! Auf keinen Fall!«

»Jochen, keine Angst, wir reden da später drüber, okay?«

»Nein! Wir reden jetzt, ich fliege nicht, egal wohin. Wohin überhaupt?«

»Berlin.«

»Berlin?«, fragte Jenny. »Sind wir etwa bei Jauch?«

Meine Flugangst war Jenny egal, zum ersten Mal legte sich ein winzig kleiner Schatten auf meine Begeisterung für sie. Wenn Hasen vor irgendetwas Angst haben, muss man das ernst nehmen. Immer, selbst wenn Günther Jauch im Spiel ist.

»Bingo – Günther Jauch – nur wir! Sensation oder Sensation?«

Natürlich war mir Günther Jauch ein Begriff. Wer auch nur gelegentlich den Blick in eine Zeitung wirft, egal, wie dick sie ist und wie groß die Buchstaben sind, die aus einer Mücke einen Elefanten machen, an Günther Jauch kommt niemand vorbei.

Wir brauchten einen Moment, um die Information zu verdauen, dann stellte Nils die wahrscheinlich wichtigste Frage.

»Alex, woher wusste Jauch, wie und wo er Jochen findet?«

»Mit ihm habe ich noch nicht gesprochen, nur mit der Redaktion.«

»Alex, woher wusste die Redaktion, wie und wo sie Jochen findet?«

»Alles Journalisten.«

»Alex, verdammt! Auch Journalisten habe keine Kristallkugel! Im Clip gibt es keinen Hinweis auf den Ort, an dem Jochen ist! Keinen! Und du weißt, warum!«

Alex schwieg.

»Alex, verdammt, hast du etwa …?«

Nils konnte die Frage nicht mehr vervollständigen, sie hätte Alex auch nicht mehr erreicht.

Alex hatte aufgelegt.

»Scheiße!«

Nils war fassungslos. Jenny und ich brauchten eine Sekunde länger, um zu begreifen, warum.

»Er hat es ihnen gesagt. Er hat sie angerufen, nicht umgekehrt.«

»Warum sollte er das getan haben?«, fragte ich in aller Unschuld.

»Weil er dich verkauft hat.«

»Wie, verkauft?«

»Verkauft, wie einen Scheißschokoladenhasen!«

»Einen sprechenden Scheißschokoladenhasen«, fügte Jenny hinzu und versuchte mich anzulächeln, um den Schmerz, den dieser Vergleich bei mir auslöste, ein wenig zu dämpfen. Mit nur mäßigem Erfolg. Hasen hassen jedes Abbild ihrer Gattung, besonders, wenn es aus Schokolade ist und auf religiös motivierte Feste hindeutet, mit denen wir Hasen nichts, aber auch rein gar nichts zu tun haben. Wenn wir nicht von Natur aus friedfertig wären, dann hätte die Erfindung des Osterhasen einen Krieg entfachen können. Mindestens. Beim Anblick von lächerlich verkleideten Hasen, die mit einem Glöckchen um den Hals darauf warteten, ausgepackt und verspeist zu werden, drehte sich nicht nur mein Magen um. Osterhasen werden so lange ein Angriff auf unsere Persönlichkeitsrechte sein, bis ihr begriffen habt, welche Frechheit schon im Ansatz dahintersteckt. Ich werde es nicht mehr erleben, wie schade!

»Jochen, ich habe den frischesten Löwenzahn gefunden, den du je in deinem Leben gegessen hast!«

Marie wedelte mit einem tatsächlich unglaublich grünen Bund Löwenzahn, leider konnte sie nicht wissen, warum sie damit bei mir kein Entzücken hervorrufen konnte.

»Was ist denn los?«

»Günther Jauch!«, sagte Nils, noch immer getroffen wie eine tote Schweinehälfte nach einem Schlag von Rocky.

»Hab ich irgendwas verpasst?«, fragte Marie.

»Ja, hast du! Günther Jauch! Und ich soll fliegen«, sagte ich mit matter Stimme.

Es wäre der Moment gewesen, dem Ganzen zum ersten Mal Einhalt zu gebieten. Hasen müssen auf ihre Ängste hören, das erleichtert das Überleben. Ich wollte nicht fliegen, aber ich wollte ans Ziel. Auf der Reise in die Welt der Menschen hatte ich gelernt, dass es in dieser Welt nicht ohne inkosequentes Handeln und Wirken geht. Das ist bei uns nicht so. Wir kennen nur die eindeutige Konsequenz. Wir können es uns gar nicht leisten, ein bisschen risikofreudig zu sein, ein bisschen ängstlich, ein bisschen mutig, ein bisschen keck. In meiner Hasenwelt wird so was kategorisch bestraft, meistens mit dem Verlust des Lebens. Menschen nehmen solche Risiken billigend und wissend in Kauf, wenn sie etwas erreichen wollen. Sie fliegen unbesorgt in die schönsten Wochen des Jahres, auch wenn sie wissen, dass die Gefahr besteht, diese Wochen nicht erleben zu können, weil das Flugzeug abstürzt. Sie trinken gefährliche Sachen, obwohl sie wissen, dass das nicht gesund ist, nur um ein paar Stunden auf andere Gedanken zu kommen. Ich habe oft davon gelesen, nie war das etwas, was mich persönlich berührte. Jetzt schon.

»Wir müssen das nicht, wenn du das nicht willst, Jochen«, sagte Nils.

»Ich weiß.«

»Es ist deine Entscheidung. Aber wenn du mich fragst, wir sollten das absagen!«

»Und warum?«

Ich wollte wirklich wissen, was Nils zu dieser Meinung bewegte, weil ich seltsamerweise etwas vermutete, womit ich ihm unrecht tat. Ich unterstellte ihm die verletzte Eitelkeit eines Menschen, dem die Führung aus der Hand gerissen worden war. Er hatte mich entdeckt, er war mit mir zu seinen Freunden gegangen. Er wollte bestimmen, wie es weiterging. Doch jetzt hatte Alex das Kommando übernommen. Dabei versuchte Nils nur, mich zu beschützen, vor mir! Weil er sich verantwortlich fühlte, für mich und das, was mit mir jetzt geschah. Er war nicht verletzt, er war mein Freund und Beschützer, was ich nicht einsehen wollte.

»Ich glaube, es ist zu früh, es geht alles zu schnell, wir sind darauf nicht vorbereitet.«

»Meinst du mich damit, glaubst du, ich bin nicht vorbereitet?«, fragte ich ihn, unnötig scharf und provozierend, weil ich seine freundschaftliche Absicht nicht erkannte, weil ich so blind war, als hätte mir der große Hasengott meine Ohren direkt vor meinen Augen zusammengebunden.

»Jochen, es gibt Dinge, auf die kann man sich nicht vorbereiten, nur weil man jede Menge gelesen hat. Ein sprechender Hase, der so weise ist wie du, da muss man den Menschen auch Zeit geben, sich darüber Gedanken zu machen. Die großen Weltveränderer haben sich alle Zeit gelassen. Ich meine, Gandhi, Jesus, Marx … alle, revolutionäre Gedanken brauchen Zeit.«

»Die Wahrheit nicht«, sagte ich trotzig.

»Die erst recht!«

»Wenn sie überzeugend ist, braucht sie keine Zeit. Die Wahrheit nicht und erst recht nicht das, was ich den Menschen zu sagen habe. Und je schneller ich zum Ziel komme, desto weniger Fehler werden die Menschen machen. Oder willst du das etwa? Wenn eines meiner Geschwister auf eine Falle zurennt, meinst du, ich sollte mir besser Zeit lassen, statt sofort etwas zu tun und es zu retten?!«

»Natürlich nicht, aber du kannst dich nicht einfach hinstellen und uns erklären, was richtig ist und was falsch. Wir sind keine Hasen, die nur auf eine Falle zurennen!«

»Das stimmt, ihr Menschen sitzt schon mitten drin. Außerdem habe ich schon das Wichtigste gesagt.«

»Im Internet!«

»Ach, und im Internet darf ich das, oder?«

»Das Internet, das ist noch was anderes, das ist ...«

»Was?«

»Das ist die Welt, wo man sich eine Frage durch eine Suchmaschine beantworten lässt und Dinge glaubt, die kein Mensch überprüft hat, bevor sie veröffentlicht wurden. Aber bei Günter Jauch, da bist du im Wohnzimmer von den Menschen. Und was da passiert, das muss stimmen!«

»Was ich sage, stimmt!«

»Weiß ich doch, aber dann haben wir doch auch alle Zeit der Welt, die Menschen davon zu überzeugen, sanft, dosiert, nicht überhastet und schon gar nicht, nur um damit die Mörderkohle zu verdienen, versteh mich doch, ich meine es wirklich nur gut!«

»Nein, verstehe ich nicht. Ich bin ja auch nur ein blöder Hase!«

Mir hätte auffallen müssen, dass niemand außer uns beiden noch etwas sagte. Mir fielen noch nicht mal die besorgten Blicke der anderen auf, die mir hätten zeigen können, dass da etwas passierte, was nicht gut war.

»Nein, Jochen, du bist kein blöder Hase, so habe ich das auch nicht gemeint, ich will doch nur …«

»Nils? Die Menschen müssen mir nur zuhören und je mehr Menschen das tun, desto größer ist auch die Wahrscheinlichkeit, dass sie meinen Gedanken folgen.«

»Jochen, sei mir nicht böse, aber so einfach ist das nicht.«

»Es ist einfach, im Vergleich dazu, einem Hasen das Lesen und Sprechen beizubringen, das kannst du mir glauben.«

Nils hatte recht, es ging alles viel zu schnell, und ich reagierte wie ein Hase, auch schnell, aber in diesem Moment war diese instinktgesteuerte Schnelligkeit völlig unangebracht. Bei einem Bussard, der noch nichts gefangen hat, da muss man schnell reagieren, aber hier schwebte kein Bussard über mir, ich musste nicht fliehen oder mich verstecken, ich hatte genug Zeit, mein Handeln zu reflektieren und meine Entscheidungen in jegliche Richtung sorgsam abzuwägen. Aber ich tat so, als hätte ein Bussard bereits seine Krallen ausgefahren und wäre im Tiefflug auf dem Weg zu einem possierlichen Abendessen.

»Wir machen es!«, sagte ich, während Nils nur knapp nickte und mit einem kleinen Lächeln vergeblich versuchte, seine Enttäuschung über meinen Entschluss zu verbergen.

»Bist du sicher?«, fragte Jochens Mutter.

»Ganz sicher, das war unser Junge. Hundertprozentig, Schatz.«

Jochens Vater hatte seinen Sohn beim Grasen in der Abenddämmerung auf dem Titelblatt eines Revolvermagazins entdeckt, das irgendjemand achtlos weggeworfen hatte. Die Unbekümmertheit, mit der er diese Information vortrug, war unangebracht, was ihm sehr schnell bewusst wurde.

»Aber warum sollte unser Junge auf so einem Papier sein?«

»Keine Ahnung.«

Dazu lachte er kurz auf und ließ seine Ohren kreisen, was seine Frau stets erheiterte, diesmal nicht.

»Ich kann nicht lesen. Gott sei Dank!«, fügte er hinzu.

Da hatte er recht. Wer nicht lesen kann, macht sich auch weniger Sorgen. Die meisten Probleme fangen bekanntlich damit an, dass man irgendetwas liest. Eine Rechnung, eine Kriegserklärung, einen Erpresserbrief, einen Durchsuchungsbeschluss, eine SMS mit brisantem Inhalt, eine Schmähschrift, so was.

In diesem besonderen Fall aber wäre es gut gewesen, wenn Jochens Vater die Bildunterschrift hätte lesen können: JOCHEN – EIN HASE RETTET UNS!

Wer nicht lesen kann, sollte froh sein, noch eine Mutter in seinem Leben zu haben. Eine Mutter kann alles lesen, wenn auch nicht immer Buchstaben. Eine Mutter liest im Gesicht ihres Gegenübers mehr als in einem Roman. Sie liest den Subtext, in dem fast immer viel mehr steht, als die reine Anordnung von scheinbar willkürlich gesetzten Buchstaben es vermuten lässt. Eine Mutter liest zwischen den Zeilen. Sie kennt den geheimen Code. Jeden!

»Da stimmt was nicht«, sagte Jochens Mutter, ohne mit den Ohren zu zucken.

»Warum? Vielleicht ist es ein Zufall?«, versuchte ihr Mann sie zu beruhigen, während im Hintergrund Jochens Geschwister aus dem Schlaf erwachten, was für ihren Vater bedeutete, dass er die zweitwichtigste Sache in seinem Leben verschieben musste.

»Nein, das ist kein Zufall. Ich habe sofort gewusst, dass irgendwas passieren wird. Wer mit Menschen unterwegs ist, gerät in Gefahr, früher oder später«, sagte Jochens Mutter.

»Ja, aber was sollen wir tun?«

»Ich weiß es nicht.«

»Dann ... äh ... du, das wird sich schon irgendwie klären, hmh, Schatz?«

Eine Sekunde lang dachte er darüber nach, noch einmal sein lustiges Ohrenspiel zum Einsatz zu bringen, um die Brisanz der Situation endgültig zu entschärfen, aber an dem Blick seiner Frau konnte er erkennen, dass es besser war, darauf zu verzichten. Auch Hasenmänner können sensibel sein. Entweder weil sie etwas wollen oder weil sie Angst haben.

»Wo ist das Bild?«, fragte Jochens Mutter.

»Es lag im Graben, neben der Straße«, antwortete Jochens

Vater leise, weil er ahnte, was nun folgen würde. Er ahnte richtig.

»Hol's!«

»Aber …«

»Hol's!«

»Aber, es ist dunkel …«

»Hol's!!!«

Jochens Vater kannte diesen Blick, dem sich zu widersetzen er sich noch nie getraut hatte. Er verließ den Bau, um ein Stück Papier zu holen, mit dem Jochens Mutter erfahren wollte, was passiert war. Im Stillen hoffte er, für diese Tat belohnt zu werden, später, wenn die Kleinen schliefen.

Nach einer halben Stunde kehrte Jochens Vater zurück, er hatte tatsächlich das Papier gefunden. Es war zerknittert und feucht, der Regen hatte die Farbe aus dem Titelblatt herausgewaschen. Aber das war kein Problem für Jochens Mutter. Der Regen hätte alles rauswaschen können, eine Hasenmutter hätte das Wesentliche trotzdem erkannt.

»Er ist berühmt«, sagte sie.

»Quatsch, warum sollte Jochen berühmt sein?«

»Ich kenne diese Blätter. Es sind immer Menschen drauf, die berühmt sind, oder gefährlich, oder beides!«

»Jochen ist gefährlich?«

»Berühmt«, sagte sie mit fester Stimme, womit sie keinen Zweifel mehr zuließ. »Und vielleicht auch gefährlich!«

Ihre Haare an der Nase vibrierten, so, wie sie vibrierten, wenn ihr gefiel, was ihr Mann mit ihr machte, oder wenn sie aufgeregt war. Jetzt war sie nur aufgeregt.

»Aber Schatz, warum sollte Jochen gefährlich sein? Es gibt keine gefährlichen Hasen!«

»Fantasie!«

»Was meinst du damit?«

»In der Fantasie kann alles gefährlich sein. Gefahr entsteht im Kopf, hast du das vergessen?«

Jochens Vater schüttelte den Kopf und wunderte sich einmal mehr über das, was seine Frau an klugen Gedanken besaß.

Ihre Nasenhaare begannen nun beängstigend heftig zu vibrieren. Jochens Vater blickte besorgt darauf.

»Schatz, reg dich nicht auf, selbst wenn er berühmt geworden ist, warum auch immer, aber ein berühmter Hase, das ist doch kein Problem.«

»Doch!«

»Schatz, warum?«

»Hast du dich schon mal gefragt, warum es keine berühmten Hasen gibt, bis auf diesen einen da, den die Menschen nachbauen, in dieses bunte Zeug verpacken, dann wieder auspacken und essen?«

»Nein, habe ich nicht.«

»Eben! Ein Hase auf einem Papier, das man nicht essen kann, das ist gefährlich!«

»Schatz, ich will dir wirklich nicht widersprechen, aber ich glaube, jetzt übertreibst du!«

In diesem Moment wurde der Bau unter der alten Gartenhütte blitzartig taghell und war mit einem Mal perfekt ausgeleuchtet, bis in den letzten Winkel. Jochens Geschwister pressten ihre kleinen Hintern vor Schreck an die Wand und blieben in Hasenschockstarre. Jochens Vater suchte Schutz am Bauch seiner Frau, wo er seinen Kopf reflexartig vergrub und seine Ohren so anlegte, dass sie im Fell seines Rückens fast vollständig verschwanden. Wer jemals den Grund für die Entstehung des Wortes »Angsthase« gesucht hat, wäre hier fündig geworden.

Jochens Mutter hingegen schaute direkt zum Eingang. Angemessen erschrocken, aber kampfbereit. Was auch immer hinter diesem Licht stand, sie würde ihre Familie verteidigen, bis zum Letzten.

»Hier muss es sein, hier wurde er geboren!«, rief die Stimme eines aufgeregten Reporters. »Kannst du da irgendwie rein?«

Die Hand des Fernsehreporters streckte sich in den Bau und Jochens Mutter wusste, was zu tun war. Als sie es tat, hallte ein lauter Schrei durch den Garten, und es floss Blut. Fernsehreporterblut.

Aber es war nur ein Etappensieg für Jochens Mutter, denn dass man Jochens Geburtsbau gefunden hatte, bedeutete nichts Gutes. Und hätte Jochen jetzt erfahren, was an dem Ort geschah, an dem er mal glücklich war und ohne Sorgen und traurige Gedanken, während er nun auf dem Dach des Berliner Hilton mit dem dramatischsten Kapitel seines Lebens beschäftigt war, es hätte ihn zerrissen.

Kapitel 12

Auf dem Flug nach Berlin herrschte anfangs eisige Stimmung, was nicht nur daran lag, dass ein bestimmtes Mitglied des Bordpersonals erst nach erheblichen Protesten unsererseits bereit gewesen war, mir einen eigenen Sitzplatz zu geben. Angeblich, weil es keinen Gurt gab, der meine Sicherheit garantieren konnte. Stattdessen sollte ich in den Bordcases für das Handgebäck neben Businesstrolleys und stinkenden Rucksäcken den Flug nach Berlin antreten – mit geöffneter Klappe, wie man mir versprach. Ein Witz, ein Skandal, ein Aufreger. Aber ich war gar nicht in der Lage, darauf zu reagieren, unabhängig davon, dass Hasen sich nur selten aufregen, es gab einen anderen Grund für meine emotionale Passivität. Mir war schlecht, so schlecht, wie es einem Hasen nur sein kann. Schon beim Start war mein Magen, der wie ein Drüsenmagen aufgebaut ist, mit heftigsten Kontraktionen beschäftigt, die dazu führten, dass beim Erreichen der Flughöhe eine grüne Löwenzahnpampe das aktuelle Bordmagazin in der Rückenlehne meines Vordersitzes dekorierte. Wer nicht glaubt, dass Hasen sich übergeben können, sollte unbedingt mit ihnen fliegen. Unser Darm ist zwar ein sogenannter Stopfdarm, was bedeutet, dass der Speisebrei nicht wie bei euch durch eine Darmperestaltik weitergeleitet wird, sondern nur durch nachkommende Nahrung, aber als die Evolution uns mit dieser besonderen Form der Verdauung bedachte, waren Flugzeuge noch nicht erfunden. Und Hasen, die nach Berlin zu

Günther Jauch fliegen, spielten in diesem Zusaammenhang auch keine Rolle. Hasen können sich übergeben, das wusste ich auch erst, als sich die Höllenmaschine in die Luft erhob. Und noch was, für alle, die nicht wissen, dass Löwenzahn schlimmer riechen kann als die Überreste eines erbrochenen Leberwurstbrotes, es ist so.

Nils ließ sich nichts anmerken, er saß neben mir und hielt meine linke Pfote. Der Geruch war ihm egal. Der asiatischen Stewardess nicht. Sie weigerte sich, mir ein Handtuch zu bringen, weil in ihrer Dienstvorschrift die Betreuung von Tieren nicht ausdrücklich vorgesehen war. Ich vermutete ein religiöses Motiv hinter ihrer Ablehnung. Nicht alle Religionen sehen in Hasen etwas Positives.

Leider war Jenny nicht im Flugzeug, die mich davon hätte überzeugen können, dass nicht alle Frauen mich mit Missachtung straften, nur weil mir schlecht war. Ebenso wenig waren Paul und Marie mit an Bord. Paul koordinierte das Heraufladen der neusten Clips, die wir aufgenommen hatten und Marie löschte beziehungsweise beantwortete Kommentare im Netz. Und ausgerechnet die beiden größten Streithähne hatten beschlossen, mich gemeinsam nach Berlin zu begleiten.

»Ich könnte ihn würgen, warum hat er das gemacht?«, fragte mich Nils. Laut genug, damit Alex etwas davon mitbekam.

Der saß scheinbar ungerührt vor uns und unterhielt sich angeregt mit einem Geschäftsmann aus Ulm, der in Berlin an einer Fachtagung für Duschkabinen teilnahm. Ich Idiot begann, ihn auch noch zu verteidigen.

»Jetzt kann man nichts mehr daran ändern, und vielleicht hat es ja auch was Gutes, dieser Jauch ist ja nicht verkehrt.«

»Nicht Jauch ist verkehrt, Fernsehen ist verkehrt.«

»Ja, aber ob wir jetzt weiter auf das Netz setzen oder parallel auch auf das Fernsehen … ich mein, wo ist denn da der Unterschied?«

»Sie schneiden nicht.«

»Das will ich hoffen«, sagte ich, weil wir Hasen allein schon mit dem Verb »schneiden« unser Problem haben, und wenn das Verb erst mal zur Tat geworden ist, dann ist alles zu spät.

»Ich meine, sie senden live, wir können nichts bearbeiten.«

»Wir müssen nichts bearbeiten, Nils, das ist doch genau das, was uns ausmacht, wir Hasen sind immer eins zu eins, wir sind dauerlive, verstehst du?«

Bevor Nils antworten konnte, beugte sich eine junge Frau zu uns.

Ich hatte sie bereits durch den Schleier meiner Übelkeit auf uns zukommen sehen. Von ihrem Sitz aus war es nicht weit bis zu unseren Best-Seat-Einheiten, die eine Beinfreiheit versprachen, die ich gar nicht benötigte.

»Darf ich Sie um ein Autogramm bitten?«

Sie war die letzte Passagierin, die um ein Autogramm bat, die anderen waren schlau genug gewesen, es sich schon beim Boarding zu holen. Vielleicht war ihr auch schlecht, und sie hatte sich gerade erst berappelt. Vielleicht gehörte sie auch zu den wenigen Menschen, die mich nicht sofort erkannt hatten, obwohl der Kiosk am Airport voll war mit Zeitungen, die mein Gesicht und meinen Namen auf den Titelseiten hatten.

Jochen, der sprechende Hase.
Jochen – ein Hase will nach oben.
Jochen – Scharlatan oder Heilsbringer?
Ein Hase erklärt die Welt!

Ich war ein bekannter Hase geworden, ein Hase des öffentlichen Interesses. Dass es so schnell gehen würde, hatte ich nicht vorhersehen können, und um mich darauf vorzubereiten, hatte mir erst recht die Zeit gefehlt. Es ging alles rasend schnell, eben noch war ich im Garten in Sichtweite meines Geburtsbaus, jetzt war ich auf dem Weg nach Berlin. Ich war auf der Überholspur des Lebens, mit Schallgeschwindigkeit, ohne Gurt, aber auf einem eigenen Sitz. Meine Geschichte schoss auf einer Newsrakete durch das Universum. Nils' Strategie, mich und meine Mission langsam aufzubauen, war durch das Vorpreschen von Alex unmöglich geworden. In diesem Zeitalter gab es nicht mehr nur »ein bisschen« Öffentlichkeit. Es gab nur die absolute, die totale Öffentlichkeit.

Vielleicht war es ganz gut, dass ich mich mehr auf meinen Magen konzentrieren musste als auf Gedanken, die sich mit Sorgen und Ängsten vermischten, was meine plötzliche Popularität betraf.

Die Frau genoss offensichtlich die besondere Nähe zu mir und den üblen Geruch, der mich umgab. Es soll Menschen geben, die auf so was stehen.

»Gerne, wohin?«

Sie streckte mir ihren Arm entgegen, und ich legte meine Pfote auf das Stempelkissen, das Nils mir fast schon routinemäßig hinhielt, und dann drückte ich mein Autogramm auf ihren leicht pigmentierten Oberarm, auf dem sich zartblonde Härchen in nervöser Erregung aufstellten, wie ich interessiert zur Kenntnis nahm.

»Supernett, danke«, flötete sie. »Und ich drücke Ihnen alle Daumen.«

»Sehr lieb!«

»Und was Sie da gesagt haben, von wegen Ehrgeiz und so, da haben Sie recht!«

Ich hatte mich in meinem letzten Clip zum Thema Ehrgeiz sehr ausgiebig ausgelassen. Während die alten Griechen den Ehrgeiz weder eindeutig den Lasten oder Tugenden zuordnen konnten, war ich als Hase natürlich absolut sicher, dass der Ehrgeiz die Wurzel allen Übels ist. Ähnlich sehen es auch die Christen, für die der Ehrgeiz ganz klar eine Untugend ist. Ehrgeiz ist immer egoistisch, kein Mensch ist ehrgeizig, weil er in erster Linie damit anderen nutzen möchte. Ehrgeizig ist man für sich selbst. Sonst gar nicht, da bin ich mir sicher. Untugend hin oder her. Der Ehrgeiz hat in der Geschichte der Menschheit fast immer negative Auswirkungen gehabt. Weil ein Sportler besser sein wollte als ein anderer, hat ihn der Ehrgeiz gepackt, und er hat den anderen besiegt. Ohne den anderen kein Ehrgeiz. Gut, das ist vielleicht noch die harmlose Seite des Ehrgeizes, aber was ist zum Beispiel mit diesem verkappten Künstler aus Österreich, der die halbe Welt in Asche gelegt hat? Ehrgeiz und Wahnsinn marschieren nicht selten Hand in Hand. Ohne Ehrgeiz hätte dieser Irre seine künstlerische Ablehnung ohne jede weitere Regung stoisch ertragen und wäre in Österreich geblieben. Er hätte sich vielleicht einen treuen deutschen Schäferhund gekauft, zunächst versucht, ihm irgendwelche Kunststückchen beizubringen, aber irgendwann hätte er es aufgegeben, weil ihm der Ehrgeiz gefehlt hätte, aus dem Schäferhund einen Wunderhund zu machen. Er hätte es ertragen, einen Hund zu besitzen, der nur ein Hund ist. Mehr nicht! Der Schäferhund hätte sein Herrchen dennoch geliebt, sich füttern lassen und kraulen, ganz ohne Kunststückchen oder sonstige Fertigkeiten zeigen zu müssen. Millionen von Menschen hätten es dem Herrchen des Schäferhundes gedankt. Und die Geschichte hätte ein großes dunkles Kapitel weniger.

Ich habe natürlich auch hinzugefügt, dass es Situationen gibt, in denen Ehrgeiz sinnvoll ist, aber wenn man etwas kategorisch streichen kann, ohne es unbedingt zu brauchen, sollte man es tun. Wir Hasen kennen keinen Ehrgeiz, und wir hoppeln gut damit.

»Am besten hat mir gefallen, als Sie gesagt haben, auf Ehrgeiz kann man genauso gut verzichten wie auf den Noro-Virus. Wenn der mal weg wäre, würde ihn auch niemand vermissen.«

»Ja, ja, ich erinnere mich.«

»Wissen Sie, was ich in Berlin mache?«

»Nein, leider nicht«, sagte ich und zwang mich zu einem kleinen Hasenlächeln.

»Ich kündige. Ich bin Pharmareferentin. Aber ich habe erkannt: Ich brauch das alles nicht mehr.«

»Ah ja, und was machen Sie dann?«

»Ich habe mir einen Garten gekauft und werde dort leben.«

»So?«

»Ja, Sie haben gesagt, alles, wir wirklich brauchen, ist ein Stück Natur.«

»Ja, aber…«, setzte ich an, um ihr genauer zu erklären, was ich damit meinte. Die Pharmareferentin ließ dies nicht zu.

»Schon gut, Sie müssen sich sicherlich vorbereiten, ich lasse Sie jetzt auch in Ruhe.«

Die Pharmareferentin, die nun bald keine mehr sein würde, um in einem Garten zu leben, ging zu ihrem Platz und hielt dabei den Oberarm mit meiner aufgedruckten Pfote stolz in die Höhe. Sie hatte mich schon auf dem Flughafen erkannt, ganz sicher, aber sie hatte sich zurückgehalten, um diesen einmaligen Auftritt zu haben. Die Aufmerksamkeit aller Passagiere war ihr gewiss. Es war ihr letzter großer Auftritt. Im eigenen Garten würde sie keinen mehr bekommen.

»Ich habe doch nicht gesagt, dass jetzt jeder seinen Job aufgeben soll, oder?«, fragte ich Nils. Zum ersten Mal, seit wir in der Luft waren, war ich wegen etwas anderem besorgt als wegen des Inhalts meines Magens.

»Nein, das hast du nicht, aber das mit dem Stück Natur, das hast du schon gesagt.«

Bevor ich näher auf das Thema eingehen konnte, um den einen oder anderen Gedanken zu präzisieren, meldet sich mein Drüsenmagen erneut, um den Rest der Löwenzahnpampe durch meine kleine Speiseröhre zu pressen.

Der Kapitän des Flugzeuges meldete, dass wir uns bereits im Landeanflug befanden, dass die Temperatur in Berlin sehr hoch sei und er uns allen trotzdem einen angenehmen Aufenthalt wünsche.

Hätte mir jemand angeboten, aus dem Fenster zu springen, ich hätte es getan. Landeanflug hin oder her. Ich wollte raus. Sofort!

»Und hier spricht noch mal Ihr Kapitän – im Namen von Nice-Air möchte ich dem ersten Hasenpassagier in der Geschichte dieser Fluglinie ausdrücklich alles Gute wünschen! Jochen? Du kannst sicher sein, dass wir heute Abend Günther Jauch gucken. Hau rein, wir sind bei dir!«

Dann brandete Applaus auf, und ohne lästige Gurte und Sicherheitsvorschriften hätten die Passagiere mir Standing Ovations spendiert, das war spürbar, auch für einen in solchen Dingen eher unerfahrenen Hasen wie mich. So mussten sie in ihren Sitzen bleiben.

Selbst die asiatische Stewardess klatschte mit, nicht ausgiebig, nicht so wie im Rausch der Sinne, nach einem gelungenen Opernabend oder einem überraschenden Geschenk zu Ostern, aber für eine Frau ihrer Herkunft war ihr vornehm zurückhaltendes Klatschen mehr, als ich erwarten durfte.

Nils streichelte meine Pfote.

»Sie lieben dich.«

Und Alex schob seinen Kopf zwischen die Lehnen unserer Vordersitze zu uns.

»Heute Abend!«, sagte er.

»Ja, heute Abend«, bestätigte ich knapp und kotzte ihm dann den letzten Rest Löwenzahn mitten ins Gesicht. Es geschah ohne Absicht. Noch.

DIE NACHT DES HASEN

Als Alex aus dem Bad kam, sah er zunächst nur den nackten Rücken Jennys, die auf einem seiner zwölf Charles-Eames-Stühle im Wohnzimmer saß und zum Flatscreen schaute, auf dessen entspiegelter Oberfläche ein Hasenbau zu sehen war.

»Sie haben ihn gefunden!«, sagte Jenny zunächst noch ohne jede Betonung, die einen Hinweis darauf hätte geben können, was sie dabei empfand. Sie drehte sich langsam um, so als müsse sie in der Bewegung noch ihre Gedanken und entsprechende Haltung sortieren. Dabei warf sie eine handgewebte Mohairdecke über ihren Körper, den sie Alex nun nicht mehr länger als nötig zeigen wollte.

»Wen?«

»Seinen Bau! Sie haben seinen Bau gefunden.«

»Was?«, fragte Alex, ohne spürbare Neugier oder aufrichtiges Interesse.

Jetzt bekam Jennys Stimme eine Betonung, die einen deutlichen Hinweis darauf gab, was sie empfand. Ihre Stimme wurde laut und anklagend.

»Scheiße, Alex, sie haben seinen Bau gefunden, seine Eltern, seine Geschwister. Guck doch mal!«

Jenny lenkte seinen Blick zum Bildschirm, auf dem ein Reporter immer wieder zum Eingang eines Hasenbaus zeigte, über den er voller Reporterstolz zu berichten wusste, dass genau dort das Zuhause von Jochen war, dem berühmten Hasen, der zur selben Zeit noch immer auf dem Dach des Hilton war, ohne dass es belastbare Fakten über seinen Zustand gab.

Alex sah zum Bildschirm, ohne erkennbare Regung. Es schien für ihn keinen Unterschied zu machen, ob eine kleine Hasenfamilie gegen ihren Willen in die Öffentlichkeit gezerrt wurde oder ob, wie noch wenige Minuten zuvor, ein Automobilunternehmen mit Serpentinenbildern die Spurtreue und sportliche Eleganz seines neusten Produktes vorführte.

Jennys Augen waren verheult, und ihre schmalen Hände zitterten. Sie war traurig und wütend zugleich. Auf sich, weil sie das, was passiert war, nicht verhindert hatte. Und weil sie gelogen hatte, mehrfach. Weil sie Menschen enttäuscht hatte. Ihre Eltern und ihre Freunde. Am meisten Nils.

»Du bist ein solches Schwein, warum hast du das getan?«

»Reg dich ab, früher oder später hätten sie es eh rausgefunden!«

»Du hast Jochen auf dem Gewissen. Reicht dir das nicht?«

»Mann! Was soll denn passieren?«

»Was passieren soll? Mensch, die drehen den Bau doch auf links. Das wird eine Pilgerstätte. Da bleibt kein Grashalm auf dem anderen.«

Alex wankte zu seinem ultralangen Sideboard, eine Spezialanfertigung aus Mailand, um sich einen Drink einzuschenken.

»Geht dir das wirklich alles am Arsch vorbei, Alex? Bist du wirklich so ein egoistisches Stück Scheiße?«

»Auch was? Whiskey, Absinth, Gin …? Sex on the Beach? Müsstest du dir aber selber mixen.«

Alex hob eine Flasche hoch und winkte damit demonstrativ in ihre Richtung. Eine Antwort wartete er nicht ab und goss sich nur selbst etwas ein.

»Arschloch!«, sagte Jenny und wünschte sich, es gäbe noch schlimmere Wörter, die ihr aber leider jetzt nicht einfielen.

Dass sie mit diesem Monster geschlafen hatte, konnte sie sich nicht verzeihen, sie konnte es sich noch nicht mal erklären. Er hatte ihre Grundkoordinaten gelöscht, die Eckpfeiler einer guten Erziehung, mit klaren Moralvorstellungen und einem ethischen Punktekatalog, der wirklich mehrheitsfähig war und nicht nur ein Ausschnitt aus dem Vorstellungskosmos ihrer Eltern. Alex hatte sie all dies vergessen lassen, er hatte ein Total-Reset ihrer Persönlichkeit herbeigeführt. Wie auch immer er dies geschafft hatte, sie hasste sich dafür. Und sie hasste ihn, weil er sich keine andere ausgesucht hatte, um all dies geschehen zu lassen. Aber auch diese Erkenntnis änderte nichts an all dem, was passiert war und in dieser Nacht noch passieren sollte. Jenny war zum Zuschauen verdammt, und auch das war etwas, das einen üblen Geschmack in ihr aufsteigen ließ.

»Was haben sie dir dafür gegeben?«

»Jenny, cool down! Du gehst mir auf den Sack!«

»Wie viel?«

»Halt die Fresse!«

»Hast du nicht schon genug?«

»Du und deine Scheißmoral! Das Leben ist ein Geschäft! Nichts anderes. Ein Scheißgeschäft! Die einen zahlen, die anderen kassieren. Und du, meine Liebe, du hast auch kassiert. Das hast du hoffentlich nicht vergessen!«

Jenny sprang auf und stürzte sich auf Alex. Sie trommelte auf seine Brust, als würde sie dadurch ungeschehen machen können, was geschehen war.

»Du Schwein, du mieses Schwein!«

Alex hatte vom ersten Moment an gewusst, dass dieser sprechende Hase sein ganz persönlicher Jackpot werden würde. Sein Ticket zu einem Leben, wie er es sich immer gewünscht hatte. Sein Access to all Areas of life. Er hatte nie den Plan gehabt, so lange zu arbeiten, bis es nicht mehr ginge. So wie seine Eltern, die in einer Plattenbausiedlung im Norden ihrer Stadt auf vierzig Quadratmetern Daseinsfläche einer natürlichen Erlösung aus ihrem Elend entgegenstarrten. Wartend, passiv, ohne Hoffnung.

In seiner Agenda gab es kein Sparen auf irgendwas. Keine Rücklagenbildung auf der Basis festverzinslicher Versprechungen auf eine solide Zukunft. Keine Kinder, für die er sich krummlegen müsste. Keine Frau, die einen Treueschwur ernst nahm. Keine Verpflichtung, keine Rücksicht. Nichts. In seiner Agenda gab es ihn. Nur ihn und seine uneingeschränkte Vorstellung von seinem Glück.

Bevor er Jochen kennenlernte, hatte Alex nicht den blassesten Schimmer, wie er all dies erreichen sollte. Als der Hase das erste Wort an ihn richtete, wusste er es sofort. Der ehemalige Fahrradkurier hatte keine Sekunde gezögert und Jochen noch am selben Tag vermarktet. Alex wollte nicht warten, bis Jochen ein gewachsenes Thema durch diverse Social-Media-Attacken wurde, er wollte vom ersten Moment an Kontrolle, mit der Aussicht auf Gewinn und maximale Rendite. Und das auf seine Weise, im Alleingang.

Sein Job als Fahrradkurier hatte ihm nicht nur eine Menge Kondition verschafft und Waden wie aus Titan; er hatte ihm auch die Möglichkeit geboten, diverse Vorzimmer kennenzulernen. Vorzimmer, die zu Menschen führten, die man kennen sollte, wenn man etwas erreichen wollte, das mit normalen Mitteln nicht zu erreichen war.

Für Alex macht es keinen Unterschied, ob er diesen Menschen nur ein Paket brachte, in der Hoffnung auf ein mickriges Trinkgeld, oder wie im Falle von Jochen eine Geschichte, die so wahnsinnig und gewinnträchtig war, dass es sich niemand leisten konnte, auf diese einmalige Chance zu verzichten.

Alex hatte nur kleine Kostproben aus dem Clip gezogen, ganz genau 1,2 Megabyte. Diese hatte er einigen wichtigen Herrschaften zur Verfügung gestellt, mit dem Hinweis, binnen exakt zwölf Stunden darauf zu reagieren. Einige hatten ihn ausgelacht, einige wiesen ihm sofort die Tür. Aber die meisten waren Profis genug, um zu spüren, dass an diesem Angebot etwas war, das sie besser prüfen sollten, bevor es andere taten.

Dann hatte Alex gewartet – auf die ersten Angebote, die er mit einem eiskalten Lächeln ablehnte, so wie das zweite und dritte Angebot auch, weil es zum Spiel gehörte, dessen Regeln er aus Filmen und TV-Serien kannte, die er als DVD-Boxen grundsätzlich nur in Originalsprache sah. Das Wissen gab ihm das Gefühl, ein Teil dieser Szene zu sein. Peinlich war nur, dass diese Szene dies nicht auf dem Schirm hatte.

Als dann bei den Reichen und Mächtigen die Nachricht umging, dass da jemand eine Geschichte an der Angel hatte, die jeden Preis rechtfertigte, wirklich jeden, war Alex schon längst vom Rad gestiegen und blätterte in den Prospekten sündhaft teurer Möbelfabrikanten und Luxuswagenhersteller. Parallel dazu beauftragte er einen Makler, eine für ihn angemessene Behausung in Berlin zu besorgen. Die Quadratmeterzahl war ihm egal, solange sie nicht den Umfang eines modernen Hallenbades unterschritt.

Die Hauptstadt erschien ihm als Domizil für die nächsten Schritte ideal. Bis auf Weiteres würde das reichen; er konnte in den anderen wichtigen Metropolen dieser Welt auch in Hotels residieren, solange sie mehr Sterne vorzuweisen hatten als das Trikot von Bayern München.

Rein geschäftlich betrachtet, hatte Alex alles richtig gemacht. Aus dem gelernten Abiturienten, ohne Studienabschluss und jede Aussicht darauf, war innerhalb kürzester Zeit ein Global Player geworden, der mit einem Royal Flush am Tisch der größten Entscheider saß und um den maximalen Gewinn zockte, welcher sich von Sekunde zu Sekunde vermehrte, ohne dass Alex noch irgendetwas dafür tun musste.

Seine überzeugende Wirkung auf andere war nichts Besonderes, nichts, auf das er übertrieben stolz sein konnte – es war das Thema, mit dem er zu überzeugen wusste. Jochen hätte jeder verkaufen können, es kam dabei nicht darauf an, besonders geschickt vorzugehen, es reichte, skrupellos zu sein. Und das war er. Er war der neue Gordon Gekko, und seine Wall Street war das Leben eines Hasen und das, was er daraus zu machen gedachte.

Kapitel 13

Während Nils nicht eine Sekunde von mir wich, um auf mich aufzupassen und um mir jeden Wunsch von meinen kleinen Hasenlippen abzulesen, steckte Alex immer nur kurz seinen Kopf durch die Tür der kleinen Garderobe im Keller des Sendestudios, wahrscheinlich um zu prüfen, ob ich nicht vielleicht doch noch Reißaus genommen hatte. Sein Handy schien an seinem Ohr festgewachsen zu sein. Seine geröteten Augen schrieb ich der billigen Klimaanlage zu, die den sommerlichen Temperaturen ihren Schrecken nehmen sollte und ihren Dienst viel zu ernst nahm. Womit ich der Anlage allerdings unrecht tat, denn später wurde mir klar, dass Alex' Augenrötung von einer verbotenen Substanz in seiner Nase herrührte. Mit den Temperaturen hatte das jedenfalls nichts zu tun.

»Mit wem spricht der eigentlich ständig?«, wollte ich von Nils wissen.

»Ich weiß es nicht«, log Nils und errötete dabei, weil er das Lügen so wenig beherrschte wie die meisten anderen unangenehmen Talente, die Menschen auszeichnen. Seine offensichtliche Unfähigkeit zur glaubhaften Unwahrheit war mir natürlich nicht entgangen. Wir Hasen achten auf solche Details, weil es wichtig ist, zu wissen, wie ein Gegenüber drauf ist. Immer, das gilt nicht nur für Füchse, die zwar nicht rot werden können, aber grundsätzlich verlogen sind. Ich thematisierte es aber im Falle meines Freundes nicht weiter, weil ich mich auf etwas anderes konzentrieren musste als auf das, was sich im Gesicht von Nils abspielte.

Genau eine Stunde vor Sendungsbeginn betrat Günther Jauch meine Garderobe, Alex im Schlepptau. Diesmal telefonierte er nicht und blieb sogar bei uns.

»Guten Abend, mein Name ist Günther Jauch, schön, dass Sie da sind.«

Herr Jauch lächelte mich an, wie er jeden zunächst immer anlächelt, egal, ob er ihn leiden kann oder nicht. Manchmal lächelt Herr Jauch auch nach seinen Sendungen die Gäste an, obwohl er dann genau weiß, wen er leiden kann und wen nicht. Ich fand sein Begrüßungslächeln sehr sympathisch, weil es jedem Gast alle Optionen seiner Wirkung auf Herrn Jauch offenlässt. In jede Richtung. Ich hoffte, dass er mich ehrlich anlächelte, weil er mich leiden konnte, und nicht nur, weil ich der fleischgewordene Platzhalter für seine kostbaren Sendeminuten sein sollte.

Er ging direkt auf mich zu und überlegte ganz offensichtlich fieberhaft, wie er mich nun final begrüßen sollte. Die Anrede hatte er geschafft, die dazu passende Geste gestaltete sich nun aber, selbst für einen Profi wie Herrn Jauch, als eine echte Herausforderung. Ein freundlicher Klaps auf meinen Hasenrücken, ein angedeuteter Diener, die ausgestreckte Hand, ein neckisch in die Luft zeigender Finger, nichts von all dem erschien ihm wohl passend, und weil Günther Jauch fürs Fragen bezahlt wird, und das nicht nur gut, sondern auch zu Recht, gab er mir gleich eine kleine Kostprobe seines Könnens.

»Na, nun sagen Sie mir doch mal, wie begrüßt man eigentlich einen Hasen? Ich meine, von Mensch zu Tier?«

Während Alex etwas zu laut über die Frage des bekanntesten und beliebtesten Politik- und Unterhaltungsmoderators dieses Landes lachte, lächelte Nils überhaupt nicht, weil er den Ernst der Frage durchaus nachvollziehen konnte. Die wenigsten Menschen sind auf Erstbegegnungen mit sprechenden Hasen vorbereitet, ich fürchte, daran hat sich bis heute nichts geändert.

Günther Jauch runzelte die Stirn, wie er es immer tut, wenn niemand wissen soll, ob er etwas ernst meint oder nur eine seiner zumeist intelligenten Scherzeinlagen probiert.

»Ich schlage vor, wir nicken uns zu und belassen es dabei. Es sei denn, Sie wären bereit, aus Respekt vor meiner Gattung Ihre Nase an der meinigen zu reiben!«

»Oh, das wäre dann eine perfekte Begrüßung?«, fragte Jauch mich mit aufrichtigem Erstaunen und strich dabei etwas verlegen über seine schwarz-weiß gestreifte Beamtenkrawatte.

»Mehr als das, es wäre formvollendet«, antwortete ich ihm.

»Ja, ich glaube, wir nicken uns dann erst mal nur zu, wenn ich das erste Angebot Ihrerseits dann noch annehmen darf. Nur zunicken, einverstanden?«

»Aber selbstverständlich, Herr Jauch.«

Dann nestelte er etwas umständlich eine Rolle mit Papiernotizen aus seinem Jackett und drehte sie vor mir so, wie ich es erwartet und schon unzählige Male gesehen hatte.

Nils hatte mir ein paar Sendungen mit Herrn Jauch vorgespielt, deshalb wusste ich um die Bedeutung seiner Notizen, die er wie einen zu kurzen Staffelstab in seinen Händen hielt.

»Wie darf ich Sie anreden, wenn ich das noch eben fragen darf?«

»Ja.«

»Ja heißt?

»Ja heißt, Sie dürfen fragen.«

»Ein Schelm sind Sie, so, so«, sagte Günther Jauch, und diesmal war ich mir sicher, dass er diese Feststellung nicht nur als Kompliment meinte.

Ich hielt es daher für besser, mich nicht spitzfindiger und humorvoller zu präsentieren, als es diese besondere Situation unbedingt verlangte.

»Sagen Sie einfach Jochen zu mir, einen Nachnamen habe ich nicht. Lohnt sich nicht.«

»Lohnt sich nicht, wie meinen Sie das?«

»Wir leben nicht so lange, dass es sich lohnen würde, Nachnamen einzuführen, zum Zwecke der Unterscheidung und so… Sie wissen, was ich meine… im Vergleich zu Schildkröten sind Hasen wie Eintagsfliegen. Und glauben Sie mir, es gibt niemanden, der das mehr bedauert als ich!«

»Na, dann wollen wir mal keine Zeit verlieren.«

»Wäre ganz in meinem Sinne!«

Günther Jauch schaute auf seine alte Uhr, die er als Konfirmand geschenkt bekommen hatte, oder von seinem Opa, oder einem anderen Menschen aus dem letzten Jahrhundert.

»Wir sehen uns im Studio, pünktlich nach dem Tatort, einverstanden Jochen?«

»Ihre Show, mein Vergnügen!«, sagte ich mit dem Hasenbrustton der Überzeugung.

»Guter Spruch«, sagte Günther Jauch. »Sollte ich mir merken.«

»Wenn Sie darauf bestehen, Herr Jauch, gerne!«

»Eines noch, ich denke, ich sollte Sie während der Sendung siezen, einverstanden?«

»Weiß nicht, Herr Jochen klingt komisch, finden Sie nicht, Herr Jauch?«

»Dann nur Jochen?«

»Fänd ich besser«, sagte ich.

»Jochen, ist cool!«, ergänzte Alex. »Schafft gleich so 'ne Normalität.«

Erst jetzt schien Günther Jauch von Alex Kenntnis zu nehmen.

»Na ja, Normalität? In der Tagesschau wurde gerade von einem Jahrtausendereignis gesprochen, auf der Suche nach einem Vergleich fiel der Redaktion nichts Besseres ein, als …«

»Ich möchte übrigens nicht mit Jesus verglichen werden, geht das?«, fragte ich vorsichtig, weil ich nur zu genau wusste, mit wem mich die Redaktion verglichen hatte. Es war schließlich nicht zum ersten Mal passiert.

»Natürlich, aber es war wirklich nur ein Vergleich, was deine Besonderheit betrifft, Jochen«, bemühte sich Günther Jauch mir mit warmer Stimme zu erklären. Aber mir war dieser Einwand wichtig, sehr wichtig. Die unzähligen Kommentare unter den Clips, die in mir so etwas wie einen Heilsbringer sahen, der bestimmt auch ohne Probleme über das Wasser gehen könnte, wenn er es nur wollte, beunruhigten mich. Mal ganz abgesehen davon, dass Hasen zu Wasser kein besonders intensives Verhältnis haben. Warum sollten wir über Wasser laufen, wenn wir es doch nur trinken wollen? Ich hatte an keiner Stelle irgendwelche Wunder versprochen, keine Spontanheilungen, keine Erweckungen von den Toten, nichts in dieser Richtung. Seltsam, dass so viele Menschen dennoch nichts anderes von mir verlangten oder zumindest irgendwie erwarteten.

»Ich bin nämlich kein Gott oder so, ich bin nur ein sprechender Hase, ich will keine Religion gründen, keine Sekte, noch nicht mal eine Partei, ich möchte nur ein paar Dinge erklären, ja?«

»Darüber werden wir zu reden haben, eine Stunde lang, und wenn es sein muss, auch länger, wir haben eine Wild Card«, sagte Günther Jauch.

»Wofür?«, wollte ich von diesem wirklich sehr netten Menschen wissen.

»Für eine Überziehung, wir können ohne Probleme länger machen.«

»No way! Eine Stunde, da müssen wir leider drauf bestehen«, sagte Alex und grinste sein Wall-Street-Grinsen.

»Na, da können wir doch bestimmt noch drüber reden«, sagte Günther Jauch.

»Nein, leider nicht«, sagte Alex.

Nils schwieg. Und ich wusste nicht, warum. War es, weil er sich wie in einem Film fühlte, in dem der Drehbuchautor vergessen hatte, ihm eine Rolle zu schreiben, oder hielt er sein Schweigen für angebracht, weil er mit jeder Äußerung die Situation weder für mich noch alle anderen verbessert hätte? Ich wusste es einfach nicht, und ich war nicht mehr nah genug an ihm dran, um genau zu wissen, was in ihm vorging. Das bedauerte ich.

Nur mit Rücksicht auf mich bemühte sich Günther Jauch um ein Lächeln.

»Wegen der Rechteabtretung, da fehlt wohl noch eine Unterschrift, da wende ich mich an …?«

Günther Jauch schaute fragend in die Runde. Alex hob die Hand. Günther Jauch hatte es bestimmt befürchtet.

»Keine weiteren Rechte, sorry. Einmalige Ausstrahlung. Keine Wiederholung, keine Zweitverwertung.«

»Oh, das wurde mir anders kommuniziert. Wir haben Anfragen aus über 120 Ländern«, sagte Günther Jauch.

»134!«

»Bitte?«

»Wir haben Anfragen aus 134 Ländern«, sagte Alex. »Herr Jauch, wir sind doch beide Profis, hmh?«

Alex war kein Profi, er war noch immer nur ein ehemaliger Fahrradkurier, aber komischerweise hatte er kein Problem damit, die Rolle des Profis zu spielen.

Ich bin mir sicher, dass der von mir immer höher geschätzte Günther Jauch sich eine Sekunde lang überlegte auszusteigen, aber die Aussicht, ein Jahrtausendereignis zu moderieren, ließ ihn von diesem Gedanken abrücken. Man darf ihm das nicht übel nehmen, am Ende will jeder einmal im Leben Geschichte schreiben. Auch Günther Jauch.

Und ich? Ich wollte es auch. Weil ich Anerkennung erfahren hatte, Bewunderung, weil ich nicht mehr nur der süße Hase war, sondern mehr! Ich hatte mich verändert, ohne es zu bemerken. Wenige Wochen hatten ausgereicht, ich war wie ein Mensch geworden, ohne mir dessen bewusst zu sein, ein Narziss mit großen Ohren.

»Ich freue mich, auf unser Gespräch, Herr Jauch, so oder so.«

»Die Freude ist ganz auf meiner Seite, Jochen.«

»Und glauben Sie mir, Herr Jauch, ich bin ganz normal.«

»Na ja… ein sprechender Hase, das wollen wir mal sehen, wie normal das ist!«

Mit diesen Worten verabschiedete sich Günther Jauch. Nils und Alex wechselten einen kurzen Blick, etwas Freundschaftliches war darin beim besten Willen nicht mehr zu erkennen.

Das Angebot einer aufgeregten Maskenbildnerin, die wenige Minuten vor der Sendung noch mal mein Fell bürsten wollte und dann, verstohlen lächelnd, vorschlug, die Innenseiten meiner Ohren dezent abzupudern, damit sie im grellen Scheinwerferlicht nicht glänzten, lehnte ich höflich, aber bestimmt ab. Hasen pudern sich grundsätzlich nichts ab, weder in den Ohren noch sonst wo. Wozu auch, wenn etwas glänzt, soll es glänzen, wenn nicht, dann eben nicht.

»Okay!« Alex klatschte in die Hände.

»Geht's los?«

»Noch nicht, ich hab da noch was für dich«, sagte Alex und griff zu seinem teuren Aluminiumtrolley, den er bereits am Flughafen hinter sich herzog und dabei immer geheimnisvoll grinste, als hätte er darin die Kronjuwelen der britischen Königin und einen frischen Datensatz deutscher Steuerbetrüger.

»Alex, lass den Scheiß, er hat alles, was er braucht«, ermahnte ihn Nils.

»Hat er nicht!«

»Hat er doch!«

»Was habe ich, beziehungsweise, was habe ich nicht?«

»Einen Anzug!«

Alex öffnete den Aluminiumtrolley und zauberte einen dezenten blauen Anzug hervor. Meiner ersten Einschätzung nach sehr wertige Ware, aus gutem Garn in modischem Schnitt.

»Voilà. Hugo Boss, dasselbe Modell tragen Schweiger, Klitschko, Schweighöfer, Pflaume ...«

»Pflaume? Wer ist Pflaume?«, fragte ich.

»Egal, Jochen, das Teil ist hip und lässig, aber nicht zu elegant, sportlich, aber auch seriös ... frag mich nicht, wie ich es geschafft habe ... ist 'ne Spezialanfertigung, direkt aus Metzingen, das ist in der Nähe von Stuttgart.«

»Ich weiß, wo Metzingen ist«, erklärte ich.

Während ich den Anzug musterte, wurde ich mir zum ersten Mal meiner Nacktheit bewusst. Das Thema Nacktheit spielt bei Hasen nämlich gar keine Rolle. Streng genommen, sind wir nie nackt, wir tragen ja Fell. Immer! Abgesehen von einer Situation, die mit euch zu tun hat, und dem für mich unerklärlichen Wunsch, uns zu essen. Aber in einer Welt, in der Nacktheit etwas sehr Intimes und höchst Menschliches ist, fällt jeder auf, der seinen Körper freizügiger präsentiert. Selbst wenn Günther Jauch über ein ähnliches Fell wie ich verfügen würde, käme er niemals auf die Idee, sich nackt zu präsentieren, zumindest nicht außerhalb seines Hauses in Potsdam. Selbst dort, glaube ich, wird er sich ab und an etwas über seinen hageren Körper streifen. Vielleicht sogar etwas von Hugo Boss. Ich weiß es nicht, über derlei Dinge haben wir nicht gesprochen.

»Hast du noch alle Latten stramm, Alex? Warum soll er sich was anziehen? Er ist immer noch ein Hase.«

»Nils? Könntest du bitte aufhören, von mir in der dritten Person zu sprechen, wenn ich dabei bin?«

»Sorry, Jochen.«

»Kein Problem, es fiel mir nur auf.«

»Mir ist das auch aufgefallen ... du redest ständig über seinen Kopf hinweg«, sagte Alex.

»Du jetzt auch«, sagte ich.

»Aber in guter Absicht.«

»Ich nicht, oder wie … was soll das, suchst du Streit, oder was?«

Ein Aufnahmeleiter schaute durch den Türspalt.

»Noch fünf Minuten, alles okay?«

»Alles okay!«, log ich.

Nichts war okay. Nils und Alex stritten sich nicht nur in der Frage, ob mein erster Fernsehauftritt verhüllt oder pur geschehen sollte. Nackt oder Boss, das war hier nicht die einzige Frage.

»Versuch bitte immer nur ganz knapp zu antworten«, sagte Alex.

»Jochen, lass dir nichts erzählen, antworte, wie du willst.«

»Bist du bescheuert, wir brauchen zitierfähiges Material, wenn er zu kompliziert antwortet, kriegt kein Schwein mit, was er sagen will.«

»Alex?«, hob ich mahnend an.

»Ich weiß, dritte Person, aber für so was haben wir jetzt echt keine Zeit mehr, glaub mir, Jochen, ich weiß, was ich tue. Zieh jetzt den Anzug an und dann, kurze Antworten.«

Nils raufte sich die Haare, er war stinksauer, wusste aber, dass der Streit, der auf meinem zarten Rücken ausgetragen wurde, nicht gerade zur Stimmungsverbesserung beitrug.

»Vorschlag, ich zieh nur die Hose an«, bot ich an, in der festen Annahme einen Jahrhundertkompromiss gefunden zu haben.

»Bitte nicht«, sagte Alex.

»Er hat recht, entweder ganz oder gar nicht«, bilanzierte Nils, was ihm schwerfiel, aber aus seiner Sicht völlig richtig war. Er klang traurig. Dass er seine Rolle am Ende doch noch gefunden hatte und dass sie nur darin bestand, klein beizugeben, konnte nicht in seinem Sinne sein. Aber so ist das nun mal im Leben, manche Rolle spielt man einfach nur, weil es keine anderen gibt.

»Hat Jenny sich noch mal gemeldet?«, wollte ich dann von Nils wissen, kurz bevor wir uns ins Studio begaben. Ich hatte zwar sämtliche Argumente verstanden, die dafür sprachen, dass nur Alex und Nils mich begleiteten, aber angesichts der miesen Stimmung, die in meiner Garderobe herrschte, und der Vorstellung von Jennys warmer Hand auf meinem Körper erschienen mir die Argumente im Nachhinein viel weniger überzeugend.

Nils antwortete nicht auf meine Frage. Mit einem eindeutigen Blick wiederholte ich sie.

Er schüttelte nur den Kopf, sie hatte sich nicht gemeldet, obwohl er es sich so sehr gewünscht hatte. Dass Alex bei meiner Frage schnell zur Seite schaute, um mir keine Gelegenheit für irgendwelche Interpretationen seiner Mimik zu geben, hätte ich bemerken müssen. Ich tat es nicht, weil ich in Gedanken schon Günther Jauch gegenübersaß, der jetzt seine Zuschauer begrüßte, oben im Sendestudio, keine hundert Meter von uns entfernt.

Die Nacht des Hasen

Conchita-Maria-Dolores Estapance streichelte Jochens Kopf. Von seinen wunderschönen Ohren stand nur noch das rechte, dem linken fehlte bereits jede Kraft, und es hing schlapp nach unten, wie ein feuchter Waschlappen mit Fellbesatz.

»Jenny, bist du das?«, fragte der Hase mit halb geöffneten Augen, und das andalusische Zimmermädchen gab instinktiv die richtige Antwort.

»Si.«

Jochen wunderte sich nicht darüber, dass sie ihm auf Spanisch antwortete, die Zeit des Wunderns war vorbei.

»Jenny? Wer ist das? Wen meint er?«, fragte Bender, der nach seinem Warnschuss nichts mehr gesagt hatte und noch immer nicht wusste, wie er mit dieser Situation hier oben umgehen sollte. In einer Nacht, in der nicht nur dieser Hase Geschichte schrieb, sondern jeder, der mit Jochens Schicksal verwoben war. Hier oben und auch da unten. Bender wollte nicht in dem düstersten Kapitel der Geschichte erscheinen, aber er war bereits mitten drin, sein Eintrag war schon formuliert, da war er sich sicher. Aber vielleicht gab es noch irgendetwas, was er dem hinzufügen konnte, etwas, das ihn entlastete.

»Keine Ahnung«, antwortete Paslak, während Bender schon nicht mehr mit einer Antwort auf seine Frage rechnete und Rudnitzki noch immer an seiner Schuld knabberte und auch nach Worten der Erklärung suchte.

Auch er ahnte, welcher Eintrag für ihn vorgesehen war. Der Mann, der Jochen getötet hatte. Viel mehr musste man nicht schreiben.

Einzig und allein Paslak gelang es, einen Hauch von Normalität zu erzeugen. Ausgerechnet der Mann, dessen Nerven blank zu liegen schienen, hatte sich jetzt im Griff.

»Vielleicht ist Jenny seine Mutter?«, schlug Paslak vor.

»Jenny?«

»Vielleicht haben die alle in der Familie einen Vornamen der mit J beginnt...Jakob, Jonas, Jimmy, Janosch... Jasmin... Juri... Jule... John...«

»Schon gut, Paslak, ich habe es verstanden.«

»Jildis«, legte Paslak trotzdem nach.

»Das wird mit Y geschrieben.«

»Aber wie J ausgesprochen.«

»Paslak? Spielt das jetzt irgendeine Rolle?«

»Nein, Chef. Aber Sie haben gefragt.«

Bender schüttelte den Kopf, dann knetete er seine Finger, was er immer tat, wenn er überlegen musste. Er hatte in seiner Laufbahn unzählige Situationen erlebt, die scheinbar ausweglos waren, aber immer hatte er eine Lösung gefunden, nur diesmal schien es keine zu geben. Nichts außer der klassischen Pest- oder Choleravariante. Hier konnte niemand sauber rauskommen, weder er noch seine Männer. Und obwohl er sich an das Fernsehinterview mit Günther Jauch erinnerte, in dem Jochen jeden Vergleich mit Jesus weit von sich wies, fühlte er sich hier wie derjenige, der den Hasen ans Kreuz genagelt hatte. Und genauso fühlte sich auch Rudnitzki, der verzweifelt überlegte, wie er diese Schuld den Menschen erklären sollte, die ihm nahestanden, und denen, die Jochen liebten.

»Jenny, warum hast du mich nie geküsst?«, fragte Jochen mit drei viertel geschlossenen Augen.

»Si.«

»Das ist keine Antwort, Jenny.«

»Si, si.«

Conchita-Maria-Dolores Estapance war mit Instinkten ausgestattet, die denen eines Hasen ebenbürtig waren. Sie konnte fliehen wie ein Hase, nicht nur vor Grenzbeamten, die nach ihren Papieren fragen wollten, auch vor Männern war sie schon oft geflohen, weil der richtige noch nicht dabei gewesen war. Sie hatte einen guten Blick für Gefahren jeder Art, im Instinktbereich war sie von der Natur perfekt eingestellt worden. Sie war eine Häsin im Kostüm eines andalusischen Zimmermädchens.

Wer die Sprache des Landes, in dem er lebt nicht beherrscht, ist gut beraten, auf seinen Instinkt zu hören. Und ihr Instinkt sagte ihr, dass der schwer verletzte Hase, dessen Kopf auf ihrem Schoß lag, etwas von ihr wollte. Leider sagte ihr der Instinkt nicht, was.

»Was machen wir jetzt?«, fragte Paslak, der sich mit Bender und Rudnitzki nur wenige Meter von Jochen und dem andalusischen Zimmermädchen aufhielt.

»Ich weiß es nicht, verdammt«, antwortete Bender.

»Er braucht einen Arzt«, jammerte Rudnitzki. »Wir können ihn hier doch nicht einfach so liegen lassen.«

»Wie oft willst du das noch sagen, das wissen wir selbst! Aber es ist dein Projektil, das im Hasen steckt. Schon vergessen? Dein Projektil! In einem unbewaffneten Hasen, und das sage ich dir jetzt zum tausendsten Mal.«

»Er hatte eine Waffe in der Hand.«

Benders Einwand trug nicht zur Entspannung der Situation bei, und ein einziger Blick auf den Hasen und das andalusische Zimmermädchen machte ihm klar, woran es lag. Und Paslak fühlte sich berufen, es auch noch mal persönlich zu thematisieren.

»Chef? Eine Knarre, die dieser bescheuerte Hase noch nicht mal hochheben kann … das glaubt uns kein Schwein.«

Bis jetzt konnte sich Bender nicht vorstellen, Paslak in irgendeinem Punkt jemals recht geben zu müssen, aber jetzt war es so weit.

»Ja, Sie haben recht, Paslak! Aber was auch immer wir machen, wir werden nicht für ewig hier oben bleiben können.«

»Da haben Sie wiederum recht, Chef!«

»Jenny?«

»Si.«

»Du hast mich nie geliebt, richtig?«

»Si.«

»Ich bin dir nicht böse, mach dir bitte keinen Kopf, ich verzeihe dir, obwohl, du hast mir ja auch nie etwas vorgemacht …«

»Si.«

»Ich habe es einfach nur falsch verstanden … Ich bin nicht erfahren in solchen Dingen. In der Liebe und so … Ich habe einiges darüber gelesen und … und … ich muss zugeben, es gibt einiges, das man nicht beschreiben kann, man muss es fühlen … Dazu gehört die Liebe.«

»Si, si«

»Ja, ja.«

»Si!«

»Ach, Jenny, ich bin froh, dass du mir die Wahrheit sagst.

Aber eins muss ich noch wissen und da musst du auch ehrlich sein, ja?«

»Si!«

»Versprichst du mir das?«

»Si.«

»Es ist, weil ich ein Hase bin, richtig, nur ein einfacher Hase?«

»Si, si!«

Jochens Augen waren nun bereits vollständig geschlossen und jetzt sackte auch das rechte Ohr nach unten, nachdem es noch einmal kurz gezuckt hatte, als würde es sich wehren wollen gegen die Gesetze der Gravitation und der immer schwächer werdenden Muskelkontrolle.

»Jenny, wenn ich ein Mann wäre, ein richtiger Mann, so wie Nils oder Alex oder Paul …«

»Si.«

»Dann hättest du mich lieben können?«

»Si.«

»O Jenny.«

»Si.«

»Wir hätten Kinder gehabt, oder?«

»Si.«

Hätte Conchita-Maria-Dolores Estapance auch nur den Hauch einer Ahnung gehabt von dem, was Jochen ihr da an kühnen und romantischen Zukunftsplänen offenbarte, dann hätte sie vermutlich nach einer Vokabel gesucht, die nicht alles mit einem einfachen Si bestätigte, und zwar völlig unabhängig davon, ob es angebracht war, oder nicht. Aber das andalusische Zimmermädchen wusste, dass alles, was sie sagte, ihm guttat. Ein No hätte ihn mehr getroffen als Rudinitzkis Projektil.

»Ich hätte dir einen Bau gesucht.«

»Si.«

»Mit vielen Gängen.«

»Si.«

»In unserem Garten.«

»Si.«

»Meine Mutter hätte dich geliebt.«

»Si.«

Mutter, la madre, das sagte ihr was. Conchita-Maria-Dolores Estapance streichelte Jochens Kopf nun, wie ihre Mutter es bei ihr getan hatte, damals, in Andalusien, als die Welt noch in Ordnung war, bis auf ein Problem im fernen Baskenland, was die Estapances aber nicht persönlich betraf. Das war die Zeit ihrer Kindheit. Dieses fremde Land, das von der Stimme der Macht regiert wurde, und das Hilton in Berlin lagen noch in weiter Ferne, und es fehlte auch noch kein Knopf an ihrem Kittel, weil Kinder in Andalusien keine Kittel trugen.

»Sag, dass du gerne mit mir alt geworden wärst, Jenny.«

»Si.«

»Nein, sag es.«

»Si!«

»Wann?«

»Si!«

»Ich meine, wann sagst du es… ich habe nicht mehr lange…«

»Si!«

»Jenny, mach's nicht so spannend, bitte, sag es…«

»Si, si!«

Jochen bäumte sich auf, mit allerletzter Kraft, er machte ein Auge auf, sein linkes, das hauptverantwortlich für seinen Mikrostrabismus war. Um beide Augen zu öffnen, war er bereits zu schwach.

»Jenny?«

»Si.«

»Was hast du mit deinen Haaren gemacht … die sind ja …«

»Si?«

»… die sind ja ganz … ganz … schwarz …«

Conchita-Maria-Dolores Estapance lachte und nickte, als hätte sie jedes Wort verstanden, dann beugte sie sich über Jochens Kopf und gab ihm einen zarten Kuss auf seine Stirn, und für einen kleinen Moment war die Welt für beide wieder in Ordnung. Doch der Moment währte nicht lange, denn während Jochen noch die Lippen des andalusischen Zimmermädchens auf seiner Stirn genoss, hatte Bender endlich einen Plan …

»Er wird springen«, flüsterte Bender Paslak ins Ohr.

»Wieso?«

»Weil es das Beste ist. Für uns alle!«

»Wie soll er denn springen, der kann sich doch gar nicht mehr bewegen, gucken Sie sich doch mal die Ohren an. Die hängen wie bei meinem Opa die … die … die Socken.«

»Er wird springen und wir werden ihm helfen.«

Erst jetzt verstand Paslak, was Bender plante.

»Hasen sind Fluchttiere, instinktgesteuert, wenn die Gefahr zu groß ist, nehmen Sie Reißaus!«

»Wenn sie es können. Können! … Aber … der da …der …«

»Der auch!«

»Chef? Ich weiß nicht, normale Hasen sind vielleicht

Fluchttiere, aber der da, der ist nicht normal, der kann sprechen und lesen!«

»Paslak, glauben Sie mir, sprechende und lesende Hasen sind ganz besonders Fluchttiere!«

Paslak nickte und in dem Blick seines Chefs konnte er erkennen, wer Jochen zur Flucht nach unten bewegen sollte.

Rudnitzki schloss die Augen, seine Schuld war groß genug, jemanden anderen dabei zu beobachten, wie der sich eigene Schuld auflud, konnte er nicht mehr ertragen. Denn immerhin würde Paslaks Schuld nur das Ergebnis eines Befehles sein. So was lässt sich besser ertragen als die Schuld, deren Verantwortung man ganz alleine zu tragen hat.

Kapitel 14

Günther Jauch saß mir genau gegenüber, auf Augenhöhe. Während er sich auf einem edlen Ledersessel befand, hockte ich auf einer kleinen Grasfläche, die auf einer dicken Marmorsäule montiert war und mit einem dunkelroten Lederband an den Seiten abgesichert war, um einen Absturz meinerseits zu verhindern. Das Leder hatte dieselbe Farbe wie der Sessel von Günther Jauch.

Als Alex meinen Sitz sah, flippte er aus. Ich sei kein Scheißklischeehase, brüllte er, übertrieben laut, während ich darüber rätselte, was überhaupt ein Scheißklischeehase ist. Dabei hätte ich lieber einen Gedanken darauf verschwenden sollen, warum Alex so überreagierte. Hätte ich darüber nachgedacht, wären mir seine rot geränderten Augen und ziemlich kleinen Pupillen aufgefallen.

Herr Jauch bemühte sich um Schadensbegrenzung und schickte ganz unaufgeregt einen jungen Praktikanten auf die Suche nach einer für mich angemessenen Sitzgelegenheit. Mein Auftritt war ihm zu wichtig für einen nervenzehrenden Streit mit Alex. Er hatte in all den Jahren gelernt, welche Kontroversen ausgefochten werden mussten und welchen man besser aus dem Wege ging. Er war ein Meister der angewandten Energieeffizienzprognose. Aufwand und Ertrag, das alte Thema. Alex bestand darauf, mir auch einen Sessel zu besorgen – gleiche Größe, gleiche Farbe wie der meines Gegenübers. Aber ich mochte die Idee mit der kleinen Grasfläche und blieb darauf sitzen. Alex hin oder her.

Der Star der Sendung war ich und sonst niemand. Ich hatte langsam begriffen, auf welcher Stufe der Bedeutungshierarchie ich zu stehen hatte. Für normale Hasen gibt es so etwas nicht, sie kennen keine Hierarchien, wenn es so wäre, gäbe es keinen Hasenfrieden mehr. Hierarchien sind der Schoß, aus dem so manches Unheil kriecht.

Nils hatte kein Problem damit, und solange ich es nicht hatte oder Herr Jauch, war alles wunderbar. Diese Kröte musste Alex schlucken. Aber Nils hatte ein anderes Problem, das konnte ich sehen. Er saß da wie ein Mensch, der ein Problem hat, das er nicht artikulieren kann. Weil es nicht angebracht ist, weil er sich nicht sicher ist oder weil er sich schlicht nicht traut. Nils nickte mir zu, als sei alles in Ordnung. Das war es nicht. Sein Nicken war so höflich wie falsch. Er wollte nicht, dass ich von seinem Problem etwas mitbekam. Aber wenn Hasen eine ganz besondere Stärke haben, dann ist es das besondere Talent, Probleme zu erkennen. Dieses Talent ist unser Rettungsschirm. Ich wusste, was er dachte.

Zum ersten Mal kamen mir richtige Zweifel an meiner Mission. So wie Nils sie auch hatte. Vielleicht war es aber auch Günther Jauch, der auf mich den Eindruck eines Mannes machte, der tief in meine Hasenseele zu schauen vermochte, der die Wahrheit vom Spekulativen und von der Illusion zu unterscheiden wusste. Er war der Mann, der alle Taschenspielertricks kannte, der jeden Bluff roch.

Dies war der Moment, an dem ich hätte aufstehen sollen, ohne ein Wort, oder wenn, dann nur mit dem Hinweis darauf, dass ich einen Fehler gemacht hatte, dass ich mich irrte. Dass ich nun wusste, dass ein kleiner Hase nicht die Arroganz besitzen sollte, eine Karre aus dem Dreck ziehen zu wollen, die Generationen von Menschen mit voller Absicht in den Dreck gezogen hatten. Nach allem, was ich gelesen hatte, war ich der irrigen Meinung, dass die Menschen nur zu Hasen werden müssten, um die ganz große Katastrophe zu verhindern. Das war falsch. Es war lächerlich. Meine Welt ist nicht übertragbar, was nicht nur daran liegt, dass es in meiner Welt keine kleinen Ohren gibt, keine Politik, keine Wahlkampfkostenrückerstattung, keinen Atomwaffensperrvertrag, keine wütendenden Religionsfanatiker, keine Eltern, die ihre Kinder missachten oder mästen, oder beides, keine Diäten, keinen Fitnesswahn, keine Sucht, gut, bis auf Löwenzahn, keine Geschichten über Blechtrommeln und kleinwüchsige Helden im besetzten Polen, in meiner Welt ist alles ziemlich einheitlich, überall. Hase ist Hase, im Osten wie im Westen, im Norden wie im Süden. Vielleicht ist meine Welt die perfektere, in jedem Fall ist es aber keine Welt für Lebewesen, die den aufrechten Gang bevorzugen. Ja, ich hätte aufstehen müssen. Aber ich blieb sitzen, weil ich der Welt da draußen meinen Fehler nicht eingestehen wollte.

Hätte ich geschwiegen, wäre ich ein Hase geblieben.

Auf das sonst übliche Publikum hatte die Redaktion von Herrn Jauch aus Sicherheitsgründen verzichtet. Die Aufregung vor dieser Sendung hatte dem Team keine andere Wahl gelassen.

Hinter den drei Kameras und den dazugehörigen Kameramännern, die uns ständig durch ihren Objektivausschnitt im Blick hatten, saßen sonst nur noch Alex und Nils und zwei Maskenbildnerinnen. Und das in einem Studio, in dem an normalen Sonntagen über zweihundert Menschen den Versuchen von Politikern und Experten, die Welt zu erklären, gerne beiwohnten. Und das, obwohl es denen vor der Kamera meistens nicht gelang, die Welt zu erklären. Oft blieb es nur bei netten Entschuldigungen, halbgaren Gedanken und plumpen Wahlversprechen. Ohne Günther Jauch hätte die Sendung niemand gesehen. Wer sich über das Nichts informieren will, sollte auch nichts schauen.

Günther Jauch hatte bereits sein Publikum draußen an den Bildschirmen begrüßt und stellte mir nun die erste Frage.

»Jochen, ich möchte ein paar zentrale Themen besprechen, die mir in deinem ersten Clip aufgefallen sind.«

»Gerne.«

Ich hatte meine Zweifel beseitigt, mir wieder eingeredet, dass es jetzt kein Zurück mehr gab, und ich hoffte, dass der Mann vor mir nicht sah, dass ich ihm nun nur noch etwas vorspielte. Den aufrichtig überzeugten Hasen gab es nicht mehr, ich war nur noch eine Behauptung dessen.

»Ich muss unseren Zuschauern vorher aber noch eben erklären, dass wir beide kurz vor der Sendung beschlossen haben, dass ich dich sieze …«

Günther Jauch schaute bei diesem Satz ganz frech, fast lausbübisch in die Kamera, ein bisschen so, als wären gerade Millionen von Menschen Zeugen einer geheimen Verschwörung geworden, auf die er sie nur noch mal eben ganz besonders aufmerksam machen musste. Und das augenzwinkernd, wie es nun mal seine Art ist. Als ich ihn dabei vorsichtig mit meiner Pfote antippte, wandte er sofort wieder nur mir seinen Blick zu. Das Freche in seinem Blick war verschwunden, der Meister der Frage war wieder zum personifizierten Fragezeichen geworden. Sachlich, neutral, ohne jede besondere Emotionalität. Und jetzt wollte er offensichtlich nur noch wissen, warum meine Pfote ihn mitten in der Ansprache an sein Publikum berührt hatte.

»Duze.«

»Äh, wie bitte?«

»Duze! Wir haben beschlossen, dass Sie mich duzen, während ich Sie sieze, eben noch in der Garderobe, ich bin mir ziemlich sicher.«

Günther Jauch zog kurz die Augenbrauen hoch, was er immer macht, wenn er streng wirken will, ohne es tatsächlich zu sein. Eine Verlegenheitsgeste, schnell zu durchschauen, aber kein Grund, es ihm übel zu nehmen. Wie es überhaupt keinen Grund auf dieser Welt gab und gibt, diesem famosen Mann des Fernsehens irgendetwas übel zu nehmen. Wenn man mal von seiner Frisur absieht, die selbst auf einen Hasen wie mich, der sich absolut gar nichts aus Frisuren macht, etwas befremdlich wirkt. Nun ja, da bleibt er sich treu, immerhin.

»Richtig, ich duze dich und du siezt mich, so wird es gemacht«, korrigierte sich Günther Jauch, den ich noch nie so nervös gesehen hatte wie in dieser Sendung, zumindest nicht auf den Bändern, die mir vor dieser Livesendung zur Verfügung standen. Ich nahm es als Kompliment und war wild entschlossen, ihm eines zurückzugeben.

»Sehr gerne, schießen Sie los!«, ermunterte ich die zukünftige Fernsehlegende und multiplen Grimmepreisträger Günther Jauch.

Er hätte nicht auf seine akkurat zusammengerollten Notizen schauen müssen, um zu wissen, wie die erste Frage lautete, die er mir stellen wollte, er hatte den ganzen Tag damit verbracht, über nichts anderes nachzudenken. Da war ich mir ganz sicher. Er schaute nur darauf, um eine dramatische Fallhöhe zu erzeugen. Clever, niveauvoll, geschmackssicher, wie es nur ein Günther Jauch sein konnte. Mich hatte er damit massiv beeindruckt, und Nils auch, dem die Anspannung ins Gesicht geschrieben war, während Alex nur demonstrativ auf seine Uhr schaute und uns eindeutige Zeichen gab. Unsere Zeit lief, und er hatte sie im Blick.

»Jochen, du sagst in deinem ersten Clip, ich zitiere – ›Besitz verändert, wer nichts besitzt und auch niemanden kennt, der etwas besitzt, kommt auch nicht auf die Idee, etwas besitzen zu wollen.‹ Bei allem Respekt, das klingt zwar schlüssig, ist aber doch jenseits aller Realität.«

Er hatte so recht, dieser Gedanke war jenseits aller Realität. Es war ein Hasengedanke, der zerbersten musste, sobald er den Bau eines Hasen verließ. Aber das konnte ich nicht zugeben, ohne alles zu verlieren. Den Ruhm, die Anerkennung, meine Einmaligkeit. Ich begann zu spielen.

»Lieber Günther Jauch, lassen Sie mich eines sagen, bevor ich Ihnen antworte, wenn es überhaupt irgendwas gibt, von dem ich sagen könnte, dass ich es vermissen würde, wenn ich es nicht hätte, dann wäre das …«

»Löwenzahn«, versuchte Günther Jauch als Scherz anzubieten. Eine der beiden Maskenbildnerinnen lachte höflich, weil ihr Job kurz vor einer Verlängerung stand und die Diskussion darüber noch nicht abgeschlossen war.

»Sie!«, antwortete ich.

Jetzt lachte auch die andere Maskenbildnerin, und ich fuhr fort.

»Sie, mein lieber Günther Jauch, würde ich vermissen. Aber jetzt möchte ich Ihre Frage beantworten. Sehen Sie, in all meinen Clips habe ich nicht versucht, meine Gedanken auf die Realität der Menschen zu übertragen. Das müsstet ihr selbst tun. Ich habe lediglich Impulse gesetzt.«

Ich redete mich heraus, und ich glaubte, dass es niemand merken würde. Ich wollte keine Impulse setzen, ich wollte Veränderungen.

»Das ist mir zu einfach, so schnell kommst du mir nicht weg. Impulse haben alle gesetzt, die die Welt verändern wollten.«

»Sie haben vollkommen recht, Herr Jauch. Aber nach meinem Kenntnisstand haben alle, die die Welt verändern wollten, nicht nur Impulse gesetzt, sondern versucht, ihre Vorstellung von einer perfekten Welt umzusetzen, indem sie ihre Lehre zum Maßstab eines korrekten Lebens erklärten. Und genau das habe ich nie getan.«

Himmel, ich staunte über mich selbst, fast glaubte ich sogar, was ich da sagte.

Nils staunte, so wie auch Herr Jauch staunte und einen Moment lang seiner Schlagkräftigkeit beraubt zu sein schien.

»Ich erinnere mich an eine Aussage von dir, in der du gesagt hast, dass es uns, also den Menschen, deutlich besser gehen würde, wenn wir so leben würden die Hasen.«

»Richtig, genau das habe ich gesagt, aber ich habe nicht gesagt, dass alle Menschen so leben sollen wie wir Hasen. Ich habe lediglich aufgezeigt, wie wir leben. Wir brauchen keinen Rettungsschirm, solange wir einen Bau haben und eine Familie, wir kennen keine Altersarmut, solange wir Kinder haben, wir kennen keine Kriege, keine illegalen Waffentransporte, keine Energienengpässe, keine UNO-Resolutionen, keine rechten Strömungen, keinen Verfassungsschutz, und die Wanzen, die wir kennen, entfernen sich selbstständig, ohne uns auszuspionieren, Herr Jauch! Wir kennen noch nicht mal Cellulite.«

Wie erbärmlich, ich fühlte mich jetzt so sicher, dass ich glaubte, Witze machen zu müssen. Cellulitewitze.

Alex hob anerkennend den Daumen, während eine der beiden Maskenbildnerinnen ganz leicht ihren Mund verzog. Sie wussten nicht, wie es um mich stand, was wirklich in mir vorging.

»Ja, ja, schon klar, aber was soll das bedeuten? Indem du uns das alles aufzählst, zugegebenermaßen sehr überzeugend, heißt das doch am Ende nichts anderes, als dass deine Welt, also die Welt der Hasen, die bessere ist.«

»Ihre Interpretation, Herr Jauch.«

»Wie lautet deine, Jochen?«

»Ich interpretiere nicht, ich biete an. Ich bin ein einfacher Hase, dem das Glück beschieden wurde, eure Sprache zu lernen und sich dadurch mit euch zu beschäftigen. Mehr nicht.«

Jetzt war ich schon fast im Reinen mit mir. Doch ein Blick zu Nils reichte, um mir klarzumachen, dass ich es nicht war. Er nickte mir zu, und wieder einmal gelang es ihm nicht, dabei überzeugend zu wirken.

»Themenwechsel«, schlug Günther Jauch vor.

Ich nickte, um ihm zu signalisieren, dass er noch immer der Entscheider dieser Diskussion war. Es lag an ihm, in welche Richtung wir marschierten, ich wäre ihm in alle Richtungen gefolgt, dessen hätte er sich sicher sein können. Ich hatte keine andere Wahl. Und ich war froh, dass er mich nicht zu durchschauen schien.

»Welches Werk hat Sie am meisten beeinflusst, Jochen?«

»Du!«

Günther Jauch grinste verlegen und korrigierte sich dann.

»Welches Werk hat *dich* am meisten beeinflusst Jochen?«

»Schwer zu sagen, ich habe vieles gelesen, sehr viel, ich hatte Glück, weil ich in einem Garten groß geworden bin, dessen Besitzer viel lasen.«

»Intellektuelle?«

»Spielt eigentlich keine Rolle! Intellektuell oder nicht, sie waren auf der richtigen Seite des Lebens. Meistens!«

Nils lächelte.

»Ich hatte also Zugriff auf eine ziemlich große Palette an Lesbarem, von Willemsen, Regener, Irving, Rachmann, Strunk, Kracht, Mörmelov, Kaspinski, Gallagher, Watzke, Ebbert, bis zu den Klassikern …«

»Geht es ein bisschen konkreter?«

»Warum?«

»Weil … ich frage deshalb, weil ich vermute, dass in der Lektüre der Schlüssel zu deinen Gedanken liegt.«

»Der Schlüssel liegt im Lesen generell.«

»Ja, schon, natürlich, aber es muss doch ein Werk geben, das einen ganz besonderen Einfluss hatte.«

»Richtig.«

»Also?«

»Am meisten hat mich Kant beeinflusst, ja, Kant!«

»Ich fürchte, einige meiner Zuschauer kennen Kant nur noch als Straßennamen.«

»Das macht ja nichts, ich glaube, man muss Kant nicht

zwingend lesen. Es gibt bessere, modernere und relevantere Philosophen.«

»Da bin ich ja beruhigt, Jochen.«

»Aber seine Fragestellungen sind der Schlüssel zu vielem.«

»Jetzt müsste ich einen Moment überlegen, welche Fragestellungen waren das noch mal, die du speziell meinst, Jochen?«

»Was kann ich wissen? Was soll ich tun? Was darf ich hoffen? Was ist der Mensch?«

»Genau, ich erinnere mich«, behauptete Günther Jauch, ohne dabei rot zu werden, und fügte schnell eine weitere Frage hinzu. Er war im Bluffen mindestens so gut wie ich.

»Die letzte Frage würde ich dir dann gerne ganz im Sinne Kants stellen – was ist denn der Mensch?«

Ich überlegte ein paar Sekunden, obwohl ich genau wusste, welche Antwort ich geben musste. Es gab nur eine Antwort, und die war so banal wie richtig.

»Der Mensch ist kein Hase! Genau das ist euer Problem!«

Dieser Satz blieb wahr, während ich zu einer fleischgewordenen Lüge mutiert war, zu einer Hybris in Hasengestalt. Ich war ein Hase, der in seiner Eitelkeit zu ersticken drohte. Ich hoffte, dass es niemandem aufgefallen war, und eine Zeit lang war ich wirklich fest davon überzeugt, eine perfekte Show geliefert zu haben.

Als die Sendung beendet war, sah ich, wie Alex sich mit Günther Jauch unterhielt, während Nils auf seinem Sitz geblieben war und mich nur stumm anschaute. Er musste nichts sagen, während Günter Jauch mich nicht durchschaut hatte, hatte er als Einziger meine progammatische Lüge enttarnt.

Manchmal ist die Lüge die bessere Wahrheit, manchmal ist sie ein Schutz. Hier war sie ein Armutszeugnis, eine Kapitulationserklärung. Ich hatte einen Sieg eingefahren, der in Wahrheit eine gigantische Niederlage war. Niemand da draußen hatte das, was ich im Gespräch mit Günther Jauch geäußert hatte, in Zweifel gezogen. Höchstens inhaltlich, aber dass ich alles so meinte, wie ich es gesagt hatte, davon war jeder überzeugt. Bis auf Nils und mich. Nur darauf hätte es ankommen müssen. Nur auf uns.

Eine der Maskenbildnerinnen half mir vom Stuhl und setzte mich voller Ehrfurcht auf den spiegelblanken Boden des Fernsehstudios.

Ich schaute zu Nils. Er schaute zu mir. Wir schwiegen. Dann stand er langsam auf, ging zu mir, bückte sich zu mir runter und sprach zu mir.

»Soll ich dich nach Hause bringen?«

»Wo ist das?«

»In unserem Garten.«

»Und dann?«

»Bleiben wir da. Du und ich.«

»Und die anderen?«

»Die kommen schon zurecht.«

Statt ihm zu antworten, sah ich nur Alex mit Günther Jauch auf mich zukommen.

»Komm wir gehen, Jochen, ich bring dich nach Hause«, schlug Nils erneut vor.

Ich zögerte kurz, aber nicht lange genug, dann schüttelte ich den Kopf.

»Es ist zu spät, um umzukehren. Ich kann nicht mit. Unser Garten ist nur noch eine schöne Erinnerung. Und weißt du, was das Schlimmste ist… ich bin kein Hase mehr…ich bin ein Mensch mit langen Ohren!«

Nils wusste genau, was ich ihm damit sagen wollte. Ich war ein Teil einer Welt geworden, die ich zu retten gedachte. Wer ein Feuer löschen will, sollte nicht in die Flammen steigen, aber genau das hatte ich getan.

»Nils? Du musst alleine gehen!«

Das war mein letzter großer Fehler.

Nils wiederholte sein Angebot nicht ein weiteres Mal, er drehte sich um und ging. Ich hätte ihn aufhalten können, ich tat es nicht, weil ich mich nicht blamieren wollte. Ich war ein Star, und ich musste einer bleiben. Das habe ich wirklich geglaubt, obwohl ich es hätte besser wissen müssen.

Was dann geschah, war wie ein einziger Rausch. Die Sendung hatte geschafft, was das Internet nicht schaffen konnte. Ich war etwas Ernsthaftes, kein purer Hype mehr, keine einmalige Klicksensation. Günther Jauch hatte mich seriös gemacht. Zu einer Persönlichkeit, die etwas zu sagen hatte, an der man sich rieb, der man aber auch so folgen konnte, wenn man keine Reibung suchte. Ich war echt, ich war da und ich war omnipräsent wie ein Schwarm Mücken in einer lauen Sommernacht.

Während Nils wieder kurz darauf nur noch auf seinem Deckchair lag und von niemandem mehr etwas wissen wollte, weder von Jenny noch von Marie, weil er sich schämte und sich schwerste Vorwürfe machte, wurde ich herumgereicht wie die neue Bundeslade.

Paul verfolgte währenddessen die weiter steigenden Klickzahlen meiner ersten Clips, ohne sich über die anderen Konsequenzen Gedanken zu machen. Er machte eine Menge Geld mit Bannerwerbungen, was ihm dabei half, etwaige Skrupel zu löschen und ein paar kleinere Schulden mühelos zu tilgen.

Marie schellte an Nils Wohnungstür, schrieb ihm unzählige Mails und SMS, alles vergeblich, wie ich in einem Telefonat mit ihr erfuhr, ohne mich weiter dafür zu interessieren. Dazu hatte ich weder Zeit noch die dafür notwendige Empathie. Mir war so vieles egal geworden. Meine Eltern hatte ich ewig nicht gesehen, und ich vermisste sie noch nicht einmal.

Alex hatte mich im Griff, in jeder Hinsicht. Er organisierte mein Leben. Und irgendwann schien er sogar meine Gedanken zu organisieren. Doch da waren es auch schon längst nicht mehr meine eigenen Gedanken. Ich produzierte Gedankenware. Ich war nur noch eine Hülle, die aufsagen musste, was aufzusagen war. Und was das war, das bestimmte Alex.

Er war rund um die Uhr für mich da, schloss Verträge für mich ab und fuhr mit mir zu allen Terminen, hinter denen entweder ein wichtiger Multiplikator stand oder ein saftiges Honorar. In den meisten Fällen beides.

Ich trat in Hallen auf, in denen für gewöhnlich nur internationale Rockstars ihren Ruhm zelebrierten, oder verlogene Vermögensberater. Als die Hallen zu klein wurden, buchte Alex die großen Stadien, die ich mühelos füllte, während mein Körper immer schwächer wurde und ich an manchen

Tagen weder wusste, was ich sagte, geschweige denn, wo ich überhaupt war.

Wenige Tage vor dem Tag, an dem ich den letzten Fehler meines Lebens machen sollte, begann Alex meinen frischen Löwenzahn zu bestäuben, damit ich besser über den Tag kam und die Nacht nicht mit sinnlosem Schlaf verplemperte.

Der Rausch veränderte alles, ich hörte sogar damit auf, etwas für Jenny zu empfinden. Nicht nur, weil ich sah, wie sie mit Alex in seinem Schlafzimmer verschwand, sondern auch, weil das letzte Stückchen Gefühl meinen Körper verlassen hatte. Unter meinem Fell war alles nur noch wie in einem hohlen Baum. Zwar noch lebendig, irgendwas krabbelte noch an den Rinden, aber es war kein richtiges Leben mehr. Ich war fremdbewohnt.

Ich war außerdem zu einem Nomaden geworden, das ist das Schlimmste, was einem Hasen passieren kann. Wenn er seinen Bau verlässt, dann nur, weil er es muss. Weil eine Flut oder ein heftiger Regenguss den Bau unterspült hat. Weil ein Raubtier ihn entdeckt hat und missbraucht wie ein Restaurant mit freiem Eintritt zum Hasenbuffet oder weil die Nachkommen nach mehr Platz verlangten. Aber freiwillig verlässt kein Hase seinen angestammten Bau. Ich schon.

Am Morgen des Tages, der mein Leben endgültig in die falsche Bahn lenken sollte, klopfte es an die Zimmertür meiner Suite im obersten Stock des Gebäudes. Alex hatte mich im Berliner Hillton eingemietet, weil ich am Abend im Olympiastadion auftreten sollte. Es war ausverkauft, wie immer, und die Stadt war voller Menschen, die schon mehrere Tage vorher angereist waren, um mich zu erleben.

»Herein!«, rief ich und bekam keine Antwort.

»Herein«, rief ich ein wenig lauter und bekam wieder keine Antwort. Ich wäre liegen geblieben, wenn ich nicht fest damit gerechnet hätte, dem Zimmerservice zu begegnen, den ich stündlich um bestimmte Beschaffungsdienste bat.

Ich schleppte mich zur Tür, um nachzuschauen. Mein Gang war schwerfällig geworden, mir fehlte nicht nur die Bewegung, die ein Hase braucht, um geschmeidig zu bleiben und um pfeilschnell den Widrigkeiten des Lebens auszuweichen. Ich war stoned, wie so oft in der letzten Zeit.

Alex bereitete unterdessen wieder irgendwelche Interviews vor und ein Gespräch mit einem Herrenausstatter aus Stuttgart, der nicht nur ukrainische Boxer sponsorte, sondern jetzt auch mich. Falls er zu all dem überhaupt imstande war. Sicher konnte man sich bei ihm nur noch in einem Punkt sein, alles was er tat, tat er nicht mit klarem Bewusstsein.

Als ich die Tür aufmachte, die eigens für mich mit einem Sensor ausgestattet worden war, damit ich sie öffnen konnte, sah ich zunächst nur auf Schuhe, ich ließ meinen Blick an den Beinen hochwandern, die in den Schuhen steckten, und irgendwann erkannte ich Nils, der zu mir herunterschaute.

»Hallo, Jochen.«

»Hallo, Nils.«

»Stör ich?«

»Nein, komm rein«, lallte ich, unfähig, meiner Überraschung und Freude über seinen Besuch einen angemessenen Ausdruck zu verleihen. Ich war so blockiert wie ein Frosch, der in das aufgerissene Maul eines Hechts schaut und vergessen hat, dass Hechte Frösche ganz besonders mögen. Mit einem Unterschied, meine Blockade war nicht natürlich.

Nils folgte meiner Einladung dennoch und setzte sich auf mein Bett, während ich mich dort schnell hinlegte, weil schon wieder alles in meinem Kopf zu kreisen begann. Wäre ich bei Sinnen gewesen, hätte ich hören können, was er mir im Folgenden zu sagen hatte und warum er nach Berlin gekommen war. Dass er einen allerletzten Versuch starten wollte, um mich aus allem rauszuholen. Aber davon bekam ich nichts mit. Es drangen nur Fetzen seiner Worte in mein Hirn, wo diese verdammte Substanz dafür sorgte, dass alle Synapsen konsequent falsch verdrahtet waren. Es mag sein, dass Menschen durch die Einnahme dieses kolumbianischen Wunderkrautes kreativer werden und dauerfit, bei einem Hasen ist das nicht so.

Nils konnte nicht zu mir vordringen, selbst seine Hand, die meinen Bauch streichelte, nahm ich nicht richtig wahr.

Ich weiß nicht, wie lange er versuchte, mich zu retten, aber irgendwann schien er es aufzugeben.

»Schade, Jochen. Es tut mir so leid.«

»Hast du was gesagt?«, fragte ich ihn, kurzfristig wieder bei Bewusstein.

»Ja, aber ich komm wohl zu spät.«

»Wie?«

»Um dir noch zu helfen, Jochen.«

»Wobei?«

Nils schüttelte den Kopf, er musste mich aufgeben, irgendwie hatte ich es ja auch schon getan, spätestens bei Günther Jauch.

»Wenigstens die… die hättest du raushalten müssen, wenigstens die!«, sagte er traurig.

»Wen?«

Nils warf eine Zeitung auf das Bett und ging.

»Wen?«, brüllte ich hinterher, während Nils schon auf dem Weg zum Aufzug war.

Ich rollte mich zur Seite und sah auf das Titelblatt der Zeitung.

JOCHENS BAU!

Die beiden Worte prangten in blutroter Schrift und nahmen fast die ganze Seite ein. Darunter war ein Bild meines Geburtsbaus. Der Eingang schien wie ausgeleuchtet, unnatürlich hell und irgendwie breiter, als ich ihn in Erinnerung hatte. Jemand hatte ihn freigeschaufelt. Mein Vater konnte es nicht gewesen sein, und meine Mutter schied ebenfalls aus. Hasen machen sich nichts aus breiten Eingängen. Im Gegenteil. Wir sind freundliche Tiere, die sehr gesellig sind, aber wir laden nicht jeden zu uns ein, indem wir unsere Eingänge demonstrativ breit machen. Schlimm genug, dass es Tiere gibt, denen auch ein enger Eingang nichts ausmacht.

Als ich zu lesen begann, was unter dem Foto stand, hatte ich das Gefühl, mein Herz würde aufhören zu schlagen.

Beim Versuch, die Eltern Jochens zu befragen, kam es zu einem bedauerlichen Unfall. Durch die massive Präsenz von Schaulustigen und Reporterteams aus aller Welt brach das Fluchtwegesystem des Baus zusammen. Trotz des beherzten Eingreifens des Sohnes der Gartenbesitzer konnten nur noch zwei Hasenleichen geborgen werden.

Was hatte ich getan?

Ich war schuld!

Ich war ein Mörder!

Ich taumelte zur Tür und stieg die Treppe hoch zum Dach des Berliner Hilton. Das war mein letzter großer Fehler. Die Frau, die in meine Suite kam, voller Sehnsucht und Verlangen, den besten und interessantesten Hasen ihres Lebens endlich persönlich zu treffen, und die dann aus Enttäuschung über meine Abwesenheit zum Eispickel griff und mit ihm nicht nur ihre grenzenlose Enttäuschung zertrümmerte, bekam ich nicht mehr mit.

Die Nacht des Hasen hatte begonnen.

Die Nacht des Hasen

Als Jenny in den Spiegel schaute, in den vor wenigen Augenblicken noch Alex geschaut hatte, schossen ihr Erinnerungen durch den Kopf, die sie dort lieber nicht gehabt hätte.

Sie dachte an den Moment, als Nils ihr seine Liebe gestanden hatte, beziehungsweise das, was er dafür hielt. Sie hatte ihm Hoffnungen gemacht, aber keine aufrichtigen. Vielleicht wäre irgendwann etwas daraus entstanden, etwas wirklich Aufrichtiges und nicht bloß eine Behauptung. Etwas Langfristiges, eine richtige Beziehung. Doch es fehlte nicht nur an ihrer Bereitschaft, dies zuzulassen, es fehlt vor allem an Zeit. Liebe braucht Zeit, wenn sie sich entwickeln soll. Aber wie soll sich etwas entwickeln, wenn rundherum so viel passiert, dass der Blick auf das Wesentliche unmöglich ist.

Jenny schüttelte den Kopf. Was geschehen war, konnte sie nicht mehr ungeschehen machen. Obwohl sie sich wünschte, dass Nils die traurige Wahrheit nicht auf so brutale und schonungslose Art erfahren hätte. Er hatte sie mit Alex in einer eindeutigen Situation erwischt. Sie hatten das Zimmer noch nicht mal abgeschlossen, in dem die größte Enttäuschung seines Lebens längst besiegelt war. In diesem Moment hatte Nils eigentlich beschlossen, den Rest seines Lebens in seinem Deckchair zu verbringen. Diesen Entschluss hatte er nur ein einziges Mal revidiert. Für Jochen.

Vor dem Dach des Berliner Hilton regierte das Chaos. Doch inmitten des Aufruhrs, der kollektiven Trauer und Wut gab es eine kleine Insel des Glücks. Marie hielt die Hand von Nils und gab ihm das Gefühl, nach dem er sich so lange gesehnt hatte. Sie hatte ihm verziehen, seine Ablehnung, seine Abweisung, seine Abwesenheit. Es war zu viel passiert, um ihm einen Vorwurf zu machen. Während sich bei ihr nichts verändert hatte, was ihre Gefühle zu Nils betraf, war das Leben des Menschen, den sie am meisten auf dieser Welt liebte, so massiv durcheinandergeschüttelt worden, dass man ihm alles, fast alles, verzeihen musste.

»Ich verstehe einfach nicht, wie es dazu kommen konnte, ich hatte ihn gewarnt, ich habe ihm gesagt, lass uns aufhören, das macht uns kaputt. Es macht dich kaputt! Das habe ich ihm gesagt. Und dieser verdammte Kerl wollte nicht hören!«

»Du hast keine Schuld, Nils, du hast es versucht!«, versuchte Marie ihm zu helfen, während sie eine Träne aus seinen Augen wischte.

»Er hat mich überhaupt nicht verstanden, weil er zu war!«

Alex traf nur am Rand die Schuld dafür. Er hatte ihm die Drogen besorgt, das war falsch, er hatte ihm eine Welt gezeigt, die nicht für Hasen geschaffen war. Und er hatte die Chance ergriffen, aus einem mediokren Hasen etwas Besonderes zu machen. Aber Nils machte ihm dennoch keinen Vorwurf. Am Ende hatte Jochen selbst die Entscheidung getroffen, auf welcher Seite er stehen wollte. Damals, bei Günther Jauch.

»Es ist alles meine Schuld«, sagte Paul, der sich nun aus dem Hintergrund schälte, obwohl er eigentlich nichts mehr sagen wollte.

»Quatsch, Paul, am Ende ist jeder für sein Leben alleine verantwortlich, auch für seine Fehler, Jochens Worte, erinnerst du dich?«, fragte Nils.

»Klar, Clip Nummer drei.«

»Vier«, korrigierte ihn Marie.

»Stimmt, vier«, sagte Paul.

Paslak nahm Jochen aus den Armen von Conchita-Maria-Dolores Estapance.

»Tut mir leid, es muss sein«, sagte Paslak überraschend sensibel.

»Si«, sagte das andalusische Zimmermädchen, ohne zu verstehen, was der SEK-Beamte zu ihr sagte, aber sie verstand, was er tun wollte. Sie überlegte, es zu verhindern, dachte sich aber dann, dass sie es nicht wagen durfte, sich dem Gesetz zu widersetzen. Das Gesetz trug eine Uniform, hier wie in Andalusien.

Paslak drückte Jochen an seine Brust und robbte mit ihm zur Kante des Daches. Niemand konnte ihn von unten sehen, aber er hatte ein Gefühl, als würde die ganze Welt auf ihn schauen.

Natürlich hatte Nils versucht, auf das Dach zu kommen, aber das war unmöglich. Er wollte seinem Freund zu Hilfe eilen. Die Beamten, die sich noch im Hotel aufhielten und nicht auf der Flucht waren, hielten ihn davon ab. Mit Argumenten und Waffen.

»Wenn er wenigstens wissen könnte, dass ich ihn nicht im Stich gelassen habe«, sagte Nils.

»Das weiß er, er wird es spüren«, sagte Marie.

Jochen spürte fast nichts mehr. Dass ihn irgendwas bewegte, das schon, aber wohin und wer ihn bewegte, das wusste er nicht. Er dachte über die letzten Wochen nach. Über die langen Nächte mit Alex, in denen er Dinge getan hatte, die er jetzt bereute. Schlimme Dinge. Er hatte seinen kleinen Körper an den Rand der maximalen Belastung geführt. Weil die Tage nicht lang genug waren, um allen Verpflichtungen nachzukommen und der Schlaf einen Luxus darstellte, den er sich nicht leisten wollte, hatte Alex ihm etwas gegeben, um durchzuhalten. Irgendwann hatte er alles genommen, was Alex ihm gab. Und damit auch das Recht auf ein selbstbestimmtes Leben. Als er auf das Dach des Hilton stieg, wollte er darunter einen Schlussstrich ziehen.

Als ein Raunen durch die Masse ging, richtete Nils seinen Blick schlagartig nach oben und sah, was das Raunen ausgelöst hatte. Es kam vom Dach des Berliner Hilton.

Ein kleiner schwarzer Punkt wurde immer größer, und aus dem Punkt wurde Jochen, ein Hase, der, den Gesetzen der Schwerkraft folgend, auf dem Weg nach ganz unten war.

Nils ließ die Hand von Marie los und raste los.

In allerletzter Sekunde gelang es ihm, seinen besten Freund aufzufangen. Fassungslos starrte er auf das kleine Fellbündel, das nun in seinem Arm lag.

»Jochen? Mach keinen Scheiß! Du darfst nicht sterben!«

Berlin schwieg. Niemals zuvor in der Geschichte dieser Stadt war es so still gewesen wie in diesem Moment. Noch nicht mal, als in Tempelhof die allerletzte Maschine landete und der Flughafen zu einem Ort wurde, an dem auch Hasen längerfristig wohnten. Niemand wagte sich zu rühren, niemand sagte mehr etwas.

Im Kanzleramt ging das Licht aus. Die Stimme der Macht schaute auf die Stadt. Regungslos und ganz sicher, dass dieser Moment Berlin und das ganze Land verändern würde.

Paslak lag auf dem Rücken und starrte in den Himmel, als käme von dort der nächste Befehl.

Bender streichelte Rudnitzki über den Kopf, dann nahmen die beiden sich in den Arm. Wortlos.

Conchita-Maria-Dolores Estapance fand in der rechten Tasche ihres Kittels den verloren geglaubten Knopf, konnte sich aber aus nachvollziehbaren Gründen darüber nicht freuen.

Jochen zuckte mit seiner Pfote. Diesmal schaffte er es nicht mehr, über seine langen Ohren zu streicheln, wie er es so oft getan hatte, wenn er sicher sein wollte, dass er noch am Leben war. Aber die Augen konnte er öffnen, wenigstens das. Und als er seinen besten Freund sah, begann er zu lächeln.

»Nils, alles klar?«

»Ja, alles klar.«

»Ich bin ein Hase, oder?«

»Ja, Jochen … du bist ein Hase.«

»Das war was, oder?«

»Ja, Jochen, das war was!«

EPILOG

Der Vertrag der Maskenbildnerin, die links von Nils saß, wurde um ein weiteres Jahr verlängert, während die zweite Maskenbildnerin sich ein Buch von Immanuel Kant kaufte und seitdem freiwillig ohne Arbeit ist.

Maries Vater trinkt nicht mehr und wohnt mittlerweile im selben Haus wie sein Schwiegersohn Nils, was damit auch klarstellt, was aus Marie geworden ist, die bald ein Kind bekommen wird, ein Mädchen übrigens.

Böblinger hat ein Buch über Toleranz und Politik geschrieben, das sich nur mäßig verkauft.

Das Schicksal der Stimme der Macht wird sich am kommenden Wahlsonntag entscheiden, es sieht nicht gut aus, was eine Amtszeitverlängerung betrifft. Was Josefine aber ziemlich toll findet und Pläne schmiedet für die gemeinsame Zeit. Zu Recht, denn die Stimme der Macht war zum Hasen geworden. Mit allem, was dazu gehört, nur ohne lange Ohren.

Alex arbeitet noch immer nicht richtig, hat aber ein mittelgroßes Problem mit dem Finanzamt und ein sehr großes Problem mit seiner Nase.

Ein Untersuchungsausschuss sprach Rudnitzki von jeglicher Schuld frei – er hatte sich gemäß allen relevanten Dienstvorschriften korrekt verhalten und wurde bereits vier Wochen nach dem Schuss befördert. Die Beförderung lehnte er ab und quittierte seinen Dienst. Er arbeitet nun bei einer Versicherungsagentur in der Nähe von Soest in Westfalen.

Paslak wurde auch befördert und leitet nun die Abteilung für interne Weiterbildung beim LKA in Thüringen.

Bender hat das Angebot einer Frühpensionierung angenommen und lebt nun in einer kleinen Frühstückspension in Andalusion, die er seiner Frau Conchita-Maria-Dolores Estapance-Bender zur Hochzeit gekauft hat.

Paul hat eine Stelle in einem amerikanischen Hardwareunternehmen gefunden und trägt nur noch schwarze Rollkragenpullover, weil er sich keine Gedanken mehr machen möchte, wie er aussieht.

Jenny hat ihr Studium wiederaufgenommen, schreibt regelmäßig E-Mails an Nils und bekommt keine Antwort.

Ein halbes Jahr nach dieser Geschichte wurde zum ersten Mal der Lehmann-Journalistenpreis für die beste Reportage des Jahres verliehen.

Günther Jauch ist immer noch Günther Jauch, was gut ist und deshalb auch so bleiben muss.

Über alle anderen Menschen in diesem Buch ist leider nicht bekannt, was aus ihnen geworden ist.

Obwohl, eines noch …

Jochens Eltern sind in inniger Umarmung gestorben. Sie haben sich geliebt, bis zur letzten Sekunde. Seinen Geschwistern ist die Flucht gelungen, und sie leben nun in einem Garten, den niemand kennt. Sie können sich nur noch dunkel an Jochen erinnern, aber sie meiden instinktiv alles, was Buchstaben hat. Und das machen sie richtig.

Dem Reporter, der Jochens Eltern entdeckt hat, ist wenige Wochen danach die Hand abgefault, die Frau weggelaufen und sein geliebter Jaguar E-Type von einem Autonomen angezündet worden. Der Wagen war nicht versichert.

Und ich? Ganz ehrlich, ich genieße das hier, manchmal besuche ich meine Eltern, sie sind mir nicht mehr böse. Oder ich spiele mit meinem Onkel Ernesto eine Runde Schach, meistens lasse ich ihn gewinnen.

Es ist schön hier, es gibt jede Menge frischen Löwenzahn … und einen Fuchs, der Vegetarier ist. Das hat mich am meisten überrascht. Hier, wo ich jetzt lebe, bis in alle Ewigkeit …

… und … ganz unter uns … es gibt da jemanden … sie heißt Renate, und sie hat nur noch ein Ohr … ein Mähdrescherunfall, ganz schlimm, aber ohne ihn hätten wir uns ja nie kennengelernt, jedenfalls nicht so schnell, sie ist ein Jahr jünger als ich, und sie schaut ständig zu mir, und dann wird mir warm ums Herz … ich werde sie ansprechen, sehr bald … ich glaube, das wird was!

Und was macht Nils nun, außer bald Vater zu sein? Tja, ich würde es gerne sagen, aber ich darf es nicht. Nur eines darf ich sagen, es ist was Tolles, wir werden alle davon erfahren. ALLE!

Danke an …

Suse, Lena, Jan, Kristine, Matthias, Wolfgang, Mats, Kevin, Mario, Roman, Sebastian, Neven, Moritz, Ivan, Marcel, Sven-Manni, Felipe, Koray, Lukasz, Mitchel, Oliver, Kuba, Mustafa, Leonardo, Robert, Julian, Marco, Patrick, Jürgen, Shinji und Hilde (RIP!)

… und danke an alle Menschen, die ein bisschen wie Hasen sind, oder es sich wenigstens manchmal vorstellen können.

Das Hörbuch »Jochen oder Die Nacht des Hasen«, gelesen von Bastian Pastewka, ist bei Roof Music erschienen.